COLLECTION FOLIO

Arnaud Cathrine

Je ne retrouve personne

Gallimard

Cet ouvrage a paru précédemment
aux Éditions Verticales.

Arnaud Cathrine est né en 1973. Il est l'auteur d'une dizaine de romans dont *Les yeux secs*, *Sweet home*, *La disparition de Richard Taylor*, ainsi que d'un recueil de nouvelles, *Exercices de deuil*, et d'un roman musical coécrit avec Florent Marchet, *Frère animal*.

«C'est comme la nuit en pleine journée, on ne voit rien, j'entends juste les bruits, j'écoute, je suis perdu et je ne retrouve personne.»

Jean-Luc Lagarce
Juste la fin du monde

Je lui ai dit la vérité : ça ne m'arrangeait pas du tout, surtout en ce moment.

— Tu vois une autre solution ?

Non, je n'en voyais pas d'autre.

— On ne peut pas leur demander de faire mille bornes pour une estimation, a répété mon frère. Papa va encore insister pour prendre la voiture, je ne veux plus qu'il prenne cette bagnole, on sait où ça va finir. Je suis désolé que ça tombe sur toi, Aurèle, mais là je suis coincé.

Qu'il soit en tournage, en montage, en mixage et j'en passe, mon frère est toujours « coincé ». Par compensation, je suis supposé ne l'être jamais, disponible quoi que j'en dise. Si je lui fais rarement entendre raison à ce sujet (ni sur aucun autre), j'ai du moins appris à me défendre *a minima* :

— Je te rappelle que j'ai publié un roman début septembre et que je suis en pleine promo.

— Deux jours ! a grogné Cyrille. Tu arrives dimanche, tu aères un peu, tu fais la visite lundi après-midi avec le type de l'agence et tu es le soir même à Paris. Ne me dis pas qu'un aller-retour en Normandie va planter ta promo !

— Mais pourquoi tout précipiter ?

Mon frère a soupiré dans le portable. Je l'ai entendu feuilleter une revue d'un geste machinal.

— Ça fait combien de temps qu'on parle de cette vente ? a-t-il repris avec lassitude.

— Longtemps, ai-je concédé.

— Je suis venu un week-end en tout et pour tout cet été. Quant à toi, on ne t'a pas vu depuis cinq ans.

— J'ai mes raisons.

— Encore tes vieux trucs.

— C'est comme ça que tu parles de Junon ?

— Je sais, ta grande rupture à marée basse.

— Je trouve ton petit « résumé » super déplacé.

— C'est pour nous que papa et maman ont gardé la baraque ! Ni toi ni moi n'y foutons plus les pieds, alors c'est vite vu.

— Et ça tombe sur moi.

— Plus ça va aller, moins ils vont quitter Nice, a continué Cyrille imperturbable. Je les comprends.

— Je n'ai jamais dit que je ne comprenais pas, bordel ! Je trouve juste le moment très mal choisi. Et d'ailleurs pourquoi ils ne m'en parlent pas directement ?

— Maman avait peur que ça t'emmerde.

— C'est le cas. Il n'empêche, elle pourrait m'appeler.

— Bon, c'est moi qu'elle a eu en premier, et après ?

— Parce que tu réponds au téléphone, toi maintenant ?

— Oui, cette fois-là, j'ai décroché.

J'ai trente-cinq ans. Cyrille trois de plus. J'ai longtemps (et naïvement) espéré que cet écart s'estomperait avec les années, mais non : Cyrille reste et restera l'aîné et moi, celui qui se doit d'être aux ordres, *a fortiori* depuis que nos parents ont vendu leur pharmacie, quitté la Normandie et atteint cet âge où l'on attend légitimement de menus services de la part de ses enfants. Cyrille prend son rôle de coordinateur très à cœur, excellant dans l'art de me refiler les bâtons merdeux. De mon côté, j'estime ne plus avoir l'âge d'être traité comme un larbin corvéable à merci. Nos accrochages sont donc balisés et prévisibles : le commandeur m'intime ses ordres (n'hésitant pas à me culpabiliser lorsqu'il s'agit de prêter main-forte à nos parents), je commence par résister et m'agiter vaguement – ingrat freinant des quatre fers (question de principe) – et je finis invariablement par obtempérer.

— Deux jours, qu'est-ce que c'est ? a insisté Cyrille avec sa fausse voix. Je t'assure que si je pouvais y aller, j'irais.

Tu mens, enfoiré (pas dit mais pensé).

Bruit sec des pages qu'il continue à tourner. Ce besoin de diversion permanente chez lui m'a toujours exaspéré.

— Tu promets que je suis rentré lundi soir ? ai-je cédé.

— C'est un fait : tu seras rentré lundi soir.

— À part ça, tu as lu mon livre ?

Toujours pareil avec lui : rendre les armes *in fine* mais tenter d'attraper une petite compensation au vol.

— Pas eu le temps. Tu sais ce que c'est un tournage ?

À quoi bon répliquer.

— Mais, après tout, ça peut te faire du bien un break à la mer au milieu de ton marathon, a-t-il ajouté, tout à son argumentaire. Tu n'as pas une nana sous le coude à emmener ?

Comment un garçon aussi intelligent et talentueux peut-il être si naturellement (et régulièrement) vulgaire ? Je ne saurai jamais. Je constate.

— Faut que j'y retourne, là. Ils m'attendent sur le plateau. Tiens-moi au courant quand tu auras vu l'agent.

— En tout cas, je te préviens : je ne viderai pas la maison tout seul !

Il avait raccroché.

I

9 octobre 2011

Le taxi m'a déposé devant les grilles de la maison. J'ai précisé au chauffeur que j'aurais besoin de lui pour me ramener à la gare demain en fin d'après-midi. Il m'a laissé sa carte.

Depuis que nos parents sont partis vivre à Nice, ma mère s'est mise à la surnommer la « villa ». Pas de colombages classiques. Blanche à volets verts. Face à la mer. Avec un jardin à l'avant, en surplomb de la plage.

Papa et maman ne l'occupent plus qu'un mois et demi l'été. La façade n'était pas si défraîchie la dernière fois que je suis venu, il y a cinq ans. J'ai dû forcer les volets du rez-de-chaussée ; le bois a joué et la peinture s'écaille.

À l'intérieur, tout semble être resté en l'état – l'état de mon enfance et de mon adolescence – comme si nos parents avaient souhaité ne rien emporter avec eux, tout réinventer dans le sud et rompre avec ces longues décennies normandes. Seules quelques photos encadrées dans le séjour attestent d'un passé plus ou moins proche : on y voit mon frère et sa compagne Karen à la naissance de Gabriel ; et puis, il y a ce portrait de moi, sans Junon (maman a fait disparaître le tirage où elle figurait). Sur la table basse du salon, on a abandonné quelques exemplaires du *Figaro* datés de mi-août dernier. Pour le reste, tout est quand même bel et bien resté fixé dans un temps révolu.

J'ai fait le tour du rez-de-chaussée. Maman a toujours affectionné une décoration raffinée mais si sobre et fonctionnelle que sa « villa » en paraîtrait quasiment impersonnelle. Rien que le strict nécessaire, nulle fioriture. On pourrait croire à une maison prête à être louée, chose à laquelle ils n'ont jamais pu se résoudre, nous laissant libres, mon frère et moi, de l'investir, là où nous l'avons plus volontiers désertée.

C'est la première fois que je suis seul à Villerville.

J'ai détaillé les quelques volumes qui trônent sur la petite étagère en bois de la véranda. Il s'agit de classiques publiés dans des éditions de cuir : Gide, Balzac, Zola. Ils sont là pour faire beau. Quelques tomes d'*Angélique, marquise des anges*. De grands formats sur la Normandie. Et puis ce livre (hérité de mes grands-parents maternels) qui nous a tant fait rire avec mon frère : *Convenances et bonnes manières* de Berthe Bernage ; un guide bourgeois, publié en 1964, d'une facture réactionnaire hilarante.

J'ai allumé l'électricité et la chaudière dans la cuisine.

Si le réfrigérateur a été récuré et dégivré (un torchon dûment placé maintenant la porte de la partie congélation entrouverte), les placards, eux, sont pleins. C'est encore la signature de maman. Ce détail m'a toujours fait penser à *La vie matérielle* de Duras et, plus précisément, à ce chapitre consacré aux listes que font les femmes, inventoriant tous les produits qu'il faut avoir chez soi en permanence. Des choses élémentaires : sel fin, poivre, sucre, café, vin, pommes de terre, pâtes… Plus poétiques (sans doute parce que je n'y aurais pas pensé de moi-même) : tomates pelées, plombs électriques, chatterton. Un jour, j'avais lu ce passage à ma mère qui m'avait dit : « Ce n'est pas très littéraire, dis donc. » Maman a toujours préféré Pagnol et Prévert.

J'ai fait une brève halte dans la chambre parentale au premier étage. Si peu de choses, mais toujours les mêmes symboles : un cadre posé sur la commode, leur photo de mariage. Papa affiche un air très sérieux, tel qu'il est : assez « rentré », disait sa belle-mère. Je lui ressemble de plus en plus : petit pour ma génération, pâle et brun, nez aquilin. Maman, elle, arbore un sourire éclatant. On ne peut pas soupçonner qu'elle est son aînée de plusieurs années. Elle est déjà assez corpulente à l'époque.

Quelqu'un semble avoir fait place nette. C'est pourtant dans ce relatif dénuement qu'ont vécu nos parents : deux lits simples, chacun pourvu d'une table de nuit et d'une lampe de chevet (depuis combien de temps ne dorment-ils plus ensemble ?) et c'est tout. J'ai toujours connu ce tissu épais de couleur moutarde que maman a choisi pour faire confectionner les dessus-de-lit, les rideaux et les embrasses.

J'ai décidé de m'installer dans la chambre la plus vaste, au second, dans laquelle mon frère et moi avons cohabité pendant près de douze ans (celle qui me fut attribuée par la suite, au premier, me rappellerait trop Junon).

C'est dans cette pièce que se trouve le cœur de mon enfance. J'ai aimé éperdument cet air confiné que maman venait ventiler à intervalles réguliers, ouvrant grand la fenêtre et nous forçant par la même occasion à ranger ce bordel impossible à éradiquer. Et j'ai bien sûr désespéré à part égale de cette promiscuité avec Cyrille. Le régent n'étant jamais lassé d'exercer son petit pouvoir sur moi, les seuls moments qui m'appartenaient vraiment étaient ceux que son sommeil m'allouait ; je garde de cette époque l'habitude de m'endormir très tard (et, vraisemblablement, ce tempérament fuyant, maintes fois diagnostiqué par Junon). Il faut dire que papa et maman, enfermés à la pharmacie du matin jusqu'au soir, n'étaient pas là pour arbitrer quoi que ce soit ; je crois qu'ils ont vaguement vu se dessiner le rapport de forces entre les deux fils mais sans jamais en prendre réellement la mesure. Cyrille a donc eu tout le loisir de nous organiser une petite vie à son goût que leur retour, à l'heure du dîner, ne dérangeait qu'à peine.

Les VHS sont toujours là, tous ces films que mon frère m'obligea à regarder avec lui pendant ses années d'adolescence : Sautet, Pialat, Malle et, déjà, Depardon, Rouch… Balayant d'un regard les boîtiers, j'ai repensé à ma perplexité devant Delphine Seyrig dans *Jeanne Dielman* (« Je t'interdis de dire qu'il ne se passe rien dans ce film ! ») ou encore au malaise à la fin des *Cousins* quand bien même nous rêvions déjà d'être ce Gérard Blain « montant » à Paris pour faire ses études et plongeant dans les mondanités interlopes. Ces films, mon frère les enregistrait pour la plupart lors de leur passage à la télévision et j'étais chargé de confectionner des jaquettes avec photos (glanées dans le programme télé de la semaine) qui portent encore mon écriture. Je revois ma mère passant une tête par l'embrasure de la porte et jetant un œil inquisiteur sur ces séances privées : « Tu es sûr que c'est pour lui ? » « Vous avez fait vos devoirs, tous les deux ? » « Il ne serait pas l'heure de vous coucher ? » Dictature fraternelle ou pas, un trésor me liait dorénavant à Cyrille : le refuge que nous était le cinéma (dont il allait faire sa vie) et le secret tacitement partagé qu'il répondait à un besoin en chacun de nous, celui d'échapper par avance à Villerville.

Aujourd'hui, ces bandes VHS ne doivent plus être lisibles. Cyrille les a abandonnées à côté de notre antique téléviseur et du sacro-saint magnétoscope.

Sur le bureau : une poignée de stylos désœuvrés et secs. Les livres penchent sur les rayonnages de la bibliothèque ; des éditions de poche pour la plupart : La Bruyère, Camus, Racine et Corneille, étudiés au lycée.

Le reste témoigne d'une intervention rétrospective de notre mère, je veux dire : après le départ des fils à Paris ; un cadre renfermant l'illustration d'une frégate française du XIXe et la reproduction d'un *Falaises et voiliers* de Monet peint à Étretat.

J'allais quitter la chambre lorsque j'ai remarqué les infiltrations au plafond. Hissé sur une chaise, j'ai passé une main sur les taches sombres. L'humidité est encore perceptible. Sans doute la toiture qui commence à dater. Je n'ose trop imaginer l'état du grenier. Papa a-t-il repéré ces fuites lors de son dernier passage ? Tout cela ne serait jamais arrivé du temps où ils vivaient ici.

Réintégrant le rez-de-chaussée, je me suis aperçu que la chaudière s'était bloquée en mode sécurité. J'ai tenté de la faire redémarrer plusieurs fois, sans succès. Le missionné de mauvaise volonté allait donc *en plus* devoir crever de froid…

J'ai cherché dans le répertoire de mes parents

le numéro de Perrac qu'ils ont toujours eu coutume d'appeler pour les dépanner. Le vieil artisan a débarqué dans l'heure. Il a ôté la façade de la chaudière d'un geste expert. Je l'ai laissé fouiller le ventre de la machine. Les yeux plissés, il émettait de petits râles de fumeur. Il m'a désigné un joint foutu : l'écoulement discret a condamné une pièce électrique qu'il va falloir commander. Il a promis de faire au plus vite.

*

Planté devant la pharmacie, j'ai collé mon front à la vitre. Les boiseries aux murs sont toujours là. Dans l'obscurité, j'ai aperçu les rayonnages et ses dizaines de boîtes bariolées, le faux plafond parcouru de néons. Je ne pouvais qu'imaginer, au fond, la réserve et les tiroirs de médicaments.

On aurait pu se croire un dimanche du temps où mes parents étaient encore en exercice.

Enfant, je venais souvent traîner dans leurs pattes le samedi après-midi, désireux d'échapper à mon frère une heure ou deux. Je m'installais sur une chaise derrière le comptoir et je les observais. Elle plus grande que lui, s'efforçant de faire oublier ses rondeurs sous un style Chanel sobre et chic. Arborant avant tout un air affairé (et ne s'apercevant parfois de ma présence qu'avec retard). Affairée, elle l'était bel et bien, se donnant autant de mal à la pharmacie qu'à la maison, à l'exception des « dîners en ville » et des vacances qui se passaient généralement dans des hôtels trois ou quatre étoiles où elle pouvait enfin « se mettre les pieds sous la table », selon son expression.

Lui : réservé dans sa blouse blanche. Jamais d'affect visible (j'ai pris ça de lui). De ces hommes qu'on dit « aimables », c'est-à-dire chaleureux juste ce qu'il faut. Obnubilé par la réussite de son affaire. Je ne pense pas pour autant que papa ambitionnait d'être « riche ». Depuis la disparition de ses parents sous les bombardements à Caen, il avait simplement cherché à s'en sortir, se mettre à l'abri, ce qui est assez différent. Riche, il l'est devenu, mais leur train de vie, pour enviable qu'il était et qu'il est encore, ne l'a jamais totalement rassuré. C'est, en tout cas, ce que j'ai toujours cru lire sur le visage un peu tendu de ce pharmacien.

Étrange d'inventorier ces images, ces souvenirs… Comme si la perspective de vendre la maison (et de ne jamais revenir dans le coin très probablement) entérinait brusquement le sceau du passé, laissant l'arrière-goût que l'on sait.

J'ai erré dans Villerville. Fait une brève halte devant la carte d'un restaurant que je ne connaissais pas, le Cottage. Ailleurs, tout est demeuré à l'identique : la poste logée dans une maison haute et étroite en face de l'ancien lavoir, la minuscule bibliothèque, la boutique d'antiquités, le bar-tabac où l'on achète la presse.

Une fois rentré à la maison, j'ai cherché un radiateur d'appoint, en vain. Déniché, faute de mieux, un vieux pull en laine dans l'armoire de mon frère.

Envie de boire du vin. Cave fermée à clé. J'ai fouillé la commode de l'entrée où mes parents ont toujours eu l'habitude de ranger les trousseaux. Rien. Inspecté séjour et cuisine. J'ai fini par les trouver cloués au fond d'un placard dans le cellier. Impression de devoir me débrouiller chez des inconnus.

Penché au-dessus des joyaux de mon père, je me suis choisi un château-margaux 2005 et je suis sorti dans le jardin avec mon verre.

Papa n'a pas rentré la table et les chaises de jardin au garage avant de partir. Elles commencent à rouiller. Les mauvaises herbes ont repris leur droit sur la pelouse scrupuleusement tondue exigée par maman lorsqu'ils séjournent ici. Décidément, la « villa » atteste d'incontestables signes d'abandon. Bien sûr il y a là quelque chose d'un peu triste. Mais notre vie à tous est désormais (et depuis si longtemps) ailleurs. Que faire contre ça ?

Maman a appelé à dix-neuf heures. Son heure.

— Tout va bien au moins là-bas ?

J'ai apprécié ce « au moins », lancé comme en forme de dédommagement.

— À quelle heure est fixé le rendez-vous avec l'agence ?

— Je demande à ton père.

Elle a hélé papa d'une voix perçante.

— Quinze heures.

— O.K.

— Tu ne resteras pas un peu ? a tenté maman.

— J'ai pas mal d'interviews sur Paris, tu sais.

— Je t'ai gardé l'article dans *Nice-Matin*.

— C'est gentil, merci.

— Tu as parlé à ton frère ?

— Pas depuis jeudi.

— Il est irascible en ce moment. Pas croyable.

— Cyrille, quoi. Il est toujours insupportable quand il tourne.

— Eh bien, vivement que ça se termine.

J'étais étonné que maman s'autorise cette remarque, elle qui n'ose jamais un mot plus haut que l'autre en présence de son petit roi d'aîné, obtempérant (un peu à ma manière) quoi qu'il dise et quoi qu'elle en pense.

— Je vous appellerai après la visite, ai-je tenté d'écourter.

— Papa t'embrasse.

— Je l'embrasse aussi.

— On te voit quand ?

— Quand je serai un peu plus au calme.

— Attends, ton père me parle.

Marmonnements sourds à l'autre bout du fil.

— Il dit : tu précises bien à l'agence que le grenier est aménageable.

— Ne t'inquiète pas, maman.

— Pour le prix, on se débrouillera avec eux au téléphone. Il ne s'agirait pas qu'on la brade.

— Juste une chose… Tu ne penses pas que vous devriez faire des travaux avant de la mettre en vente ?

— Qu'est-ce que tu sous-entends ? s'est-elle raidie.

— Je ne t'apprendrai rien : les volets sont pourris, il y a des infiltrations dans la chambre du haut. La toiture à coup sûr… Elle part à vau-l'eau, cette maison.

— Et des travaux avec quel argent, je te prie ?

— Ne t'énerve pas, maman.

— Tu crois qu'il nous en reste de l'argent ? Tu demanderas à ton père combien nous a coûté Nice ! Cinq chambres, la piscine, c'est pour vous tout ça !

— O.K., c'était juste une suggestion…

— On vendra plus bas, et voilà.

— Bon, de toute façon, une maison en front de mer… Je ne suis pas très inquiet.

— Oui, enfin, c'est la crise.

— Je te laisse, maman. Passez une bonne soirée.

— On t'embrasse.

— Moi aussi.

Raccroché avec soulagement. Au moins, les choses sont claires : je suis dépêché mais nullement invité à donner mon avis. Rien que de très légitime : que pourrais-je revendiquer après cinq ans de désertion ?

Marché un long moment sur la plage en contemplant les usines du Havre disparaître dans l'obscurité. S'efforcer de ne penser à rien. Contempler la mer étale. Respirer l'air chargé d'iode. Sentir mes pas sur le sable et les couteaux de mer qui cassent. Juste ça. Et puis les images redoutées ont fini par m'assaillir sur le chemin du retour, et cette scène encore vivace que je me suis évertué à fuir : Junon réitérant sa demande au détour d'une journée d'été sans histoire – un enfant –, moi refusant, toujours et encore, empêtré dans des justifications qui n'étaient déjà plus de mon âge à l'époque. Alors : le coup d'arrêt, la « grande rupture à marée basse », comme l'a formulé mon frère avec la bienveillance qui le caractérise. Ce jour-là, j'ai enfin compris l'endurance qu'il avait fallu à Junon pour encaisser de si nombreuses fois mon refus obstiné, aveugle, comment le qualifier. Elle avait tout essayé, ne cessant de me donner une énième chance, sur tous les tons, balançant du silence hostile à l'ironie supposée dédramatiser, et puis finissant par céder à ces mouvements d'humeur que de très illusoires cessez-le-feu venaient interrompre. Alors, ignorant jusque-là quand le couperet tomberait mais découvrant que c'était bel et bien ce jour-là, un jour comme les autres en somme (l'engueulade de trop), elle avait rassemblé ses affaires, m'avait demandé sèchement de la conduire à la gare, et je l'avais accompagnée, incapable de la retenir, incapable de rien, les explications viendraient plus tard, s'il était encore utile d'expliquer quoi que ce soit, car j'avais saisi, et elle aussi : nous étions deux amoureux qui allaient se quitter avant même de s'être désaimés ; il y avait cet enfant dont je ne voulais pas, alors ce serait *sans elle aussi* dorénavant, le refus de l'enfant venant s'ajouter à tant d'autres choses qui auraient de toute façon fini par avoir raison de nous (inatteignable, selon ses propres termes, absent, de passage, irrégulier, sacrifiant tout à l'écriture, à commencer par elle…). Aimer n'est rien d'autre qu'un arrangement, jusqu'à ce que l'arrangement ne soit plus tenable, et il ne l'était plus, me dirait-elle plus tard, au moment de la réelle séparation, c'est-à-dire aux premiers jours de septembre.

Elle l'a bel et bien eu, cet enfant. Sans moi. Ni sans « personne » d'ailleurs. Un voyage à Copenhague en solo, suivi d'une seconde tentative. Michelle.

Depuis, Junon et moi avons échoué à nous perdre de vue, nous fréquentant aujourd'hui encore comme deux vieux amants pas très nets. Je sais très bien ce qu'en pense mon frère. Je prétends couramment que je m'en fous (et que tout cela n'est pas si « malsain ») mais, en réalité, je ne m'en fous pas du tout. Alors non, je n'étais jamais revenu à Villerville, ce bord de mer que, par ailleurs, Cyrille et moi avons quitté sans regret après le bac. J'ai beau avoir grandi ici, mon village natal est, jusqu'à nouvel ordre, le lieu funeste où j'ai sabordé ce que j'avais sans doute de plus précieux.

J'ai fini le château-margaux en rentrant.

Lu quelques pages de *La porte étroite* de Gide

dans l'édition en cuir trouvée sur l'étagère de la véranda. Tombé des mains.

Pas pris la peine de fermer les volets.

Tout éteint.

Vivement demain.

Rideau.

10 octobre 2011

Rêvé cette nuit que mon père débarquait chez moi, à Paris. Il me racontait avoir lu en un temps record (un après-midi) l'un de mes livres. Un pavé (comme je n'en ai jamais écrit) dans une édition de poche. Il n'était que louanges. Dans la séquence suivante, je faisais ce bref récit à Junon et je concluais : « C'est terrible, j'y ai cru un moment ! J'y ai cru ! Et maintenant je sais que c'est un rêve et que je vais me réveiller. »

Mon père n'a jamais fait de commentaire concernant mes romans. Pour le premier, je me rappelle l'avoir entendu parler de « fierté » avant de le lire, et c'est tout. Pour les suivants, silence total. Contrairement à ma mère : « Mais que s'est-il passé pour que tu écrives des trucs pareils ? » Comprendre : qu'avons-nous mal fait ? Depuis, maman se contente de déplorer telle ou telle photo parue dans la presse (me trouvant souvent grise mine), guère plus. Papa rien. Pour ce qui est des films de mon frère, la situation est un peu différente : sachant que son engagement politique est assez mal vécu à la maison et qu'il a, par ailleurs, épousé une comédienne souvent pistée par la presse (et donc lui avec), il a imposé le silence et ne tolère plus aucune remarque, même bienveillante. Le coup de l'autruche autoritaire. Je crois qu'il s'en trouve assez peinard.

Il n'empêche, j'ai souvent tenté de me mettre à la place de nos parents et d'imaginer combien nous avons dû les désarçonner : leurs deux enfants ne sont pas devenus *eux en mieux*, comme ils l'auraient espéré, ou comme ils nous l'ont *souhaité*, devrais-je dire. C'est donc ça deux grands fils ? L'un documentariste, l'autre écrivain : deux inventions insituables sur l'échelle sociale qu'ils s'étaient représentée. Deux étrangers.

Le chemin que papa et maman avaient tracé pour nous était pourtant simple : faire des études sérieuses et accéder à un niveau de vie encore supérieur au leur. Un idéal parmi d'autres : la faculté de médecine. Ou encore : une grande école de commerce. Réussir et vivre dans le confort ne nous a toutefois jamais occupés, Cyrille et moi. Ce n'est pas à une classe que nous voulions appartenir mais à un milieu. Pour sérieux que furent nos diplômes, ils ne nous auront donc pas conduit à gagner beaucoup d'argent ni à briguer un statut social clair. Au contraire : flou. Oui, nous sommes venus compliquer les choses. Et la lignée avec. Moi, je l'ai même arrêtée.

*

Lundi midi : Villerville était désert. Lorsque je vivais ici, je détestais le dimanche et le lundi à part égale, promesses de rues vides, de commerces fermés. Aujourd'hui, après dix-sept ans de vie parisienne, je n'aime rien tant que ces parenthèses.

J'ai déjeuné au Cabaret normand, bar rustique et calme où nous avons passé tellement d'après-midi, mon frère et moi. Le patron m'a reconnu. Je dois faire partie de ces têtes familières dont il ignore les prénoms mais qu'il salue naturellement, même des années après. Nous avons discuté un moment. Il vient de vendre. La nouvelle propriétaire va engager des travaux pour la réouverture. L'an prochain, ce sera le cinquantième anniversaire d'*Un singe en hiver*. Une partie du tournage a eu lieu au Cabaret et rue du Maréchal-Foch. La municipalité prévoit de faire vivre le village aux couleurs du film.

Une fille de mon âge m'a servi. Sourire pincé, expéditive, une mèche fixée au gel, nuque dégagée en un savant dégradé, cheveux secs et abîmés par des années de coloration. Il m'a semblé qu'elle passait plus de temps en cuisine qu'en salle, tandis que le patron, bonhomme et flegmatique, restait posté derrière son comptoir comme depuis toujours.

À la fin du repas, abandonnant la lecture du journal, je me suis mis à observer deux jeunes gens en plein exercice de séduction à plusieurs tables de moi. On aurait dit que les codes vestimentaires et langagiers en cours chez les adolescents n'avaient fait que les effleurer. Le garçon n'affichait pas la maîtrise bravache du petit mâle classique ; la fille ne minaudait pas pour se donner une contenance. Juste un peu embarrassés, se dévorant du regard sous cape, s'en remettant à leur iPhone de temps à autre pour relancer la conversation avec je ne sais quelle image glanée sur Internet. Un express chacun, vite avalé, sous l'œil indulgent du patron qui n'a pas cherché à les faire consommer davantage. Joli court-métrage, sans chute ni fin, sinon celle qu'ils auront été écrire à l'abri des regards. Je me sens depuis de si longs mois absent de ce monde-là. Tout au plus : témoin admiratif du désir.

*

Il me restait une heure à tuer avant le rendez-vous avec l'agent immobilier. Je me suis affalé sur le canapé de la véranda, laissant mon regard se perdre dans la contemplation de détails anodins qui, tous à leur manière, charriaient des souvenirs d'enfance, tantôt précis, tantôt brumeux. Depuis hier, les images se succèdent sans que j'aie à les solliciter. Elles savent d'elles-mêmes trouver prétexte à leur apparition. Ce peut être une simple carafe à décanter dans le séjour ou une silhouette quelconque aperçue sur le remblai en bas. On connaît ça. Non, ce qui m'étonne, c'est ce laissez-passer en moi. Une fois installé à Paris, je ne suis plus revenu à Villerville qu'armé d'œillères, obnubilé par le présent, son cours pressé, ses essais à transformer ; les signes d'un avant se voyaient écartés sitôt repérés et comme placés en quarantaine ; sans doute la présence de mes parents sur place contribuait-elle également à ne pas « fabriquer du passé ». Seul dans cette maison, je laisse au contraire tout affleurer, sans percevoir encore les effets de ce reflux. On dirait qu'une digue intérieure a cédé. Seule menace active que je tiens éloignée : ces deux amants, là-bas sur la plage. Je ne souhaite les voir que de loin. Ce sont deux corps qui ne parviennent plus à se rapprocher, ni de jour ni de nuit. Entre eux, il y a un silence buté, meurtri, et la peau de l'autre qui devient comme du papier de verre. Pourquoi le nier : c'est aujourd'hui encore un travail forcené que de dépecer mon désir pour Junon. Je ne parle pas de l'amour qui, lui, a mué, infiltrant tous les chemins de traverse possibles, prenant le masque d'une amitié singulière, aux fondations hésitantes, rebâties sur une crête équivoque ; mais le désir, lui, j'en suis encore à tenter de lui tordre le cou. C'est le prix à payer pour avoir interrompu l'histoire avant sa fin organique. Autant de situations ordinaires à défaire en présence de Junon : ne plus rester en arrêt à l'approche de l'odeur de son souffle ou de son cuir chevelu ; enrayer cette envie réflexe de passer un doigt sous le tissu serré de son jean, à la chute du mollet, ou de suivre le tracé de ses deux clavicules saillantes ; ne plus observer son cul fixement ou guetter cette étroite bande de peau qui se dessine entre la ceinture et la lisière du pull lorsqu'elle se penche ; contrer ce besoin de tout enlever pour nous retrouver collés l'un à l'autre, elle plaçant mon sexe sur son ventre pour en sentir la chaleur, puis moi entrouvrant ses lèvres pour plonger mes doigts dans la brûlure humide ; ne pas plus espérer lui inspirer ce large sourire qui lui faisait baisser les yeux comme par pudeur puis, brusquement, planter son regard dans le mien. Ces images-là reviennent souvent. Je les chasse, avec plus ou moins de succès, et je m'efforce de traquer le désir ailleurs que sur le corps de Junon, regrettant seulement de ne pas avoir coupé les ponts en temps et en heure, admettant que j'en ai été incapable et que, pour une obscure raison, elle ne m'a elle-même pas plus aidé. Je suis à présent un abstinent d'elle tout à fait entraîné. Mais : abstinent. Je me plie à l'exercice de cette amitié inégalitaire, me persuadant que les séparés peuvent bien s'approcher, cinq ans après, forts de leur muselière. Et je lutte contre le désir qui cogne, l'implacable retour du refoulé. Non, bien sûr, je n'ai rien enterré du tout.

*

On a sonné à quinze heures, comme prévu. J'ai fait entrer l'agent sans préambule, déjà impatient d'en finir.

— Salut, Aurélien !

Je l'ai tout de suite reconnu mais son nom m'échappait. Black-out total. J'ai répondu à son sourire, comme pour gagner un peu de temps. J'imagine qu'il a remarqué mon embarras.

Il semblait nager dans son costume, une coupe croisée d'une couleur indéfinissable (vert quelque chose). Cheveux broussailleux sur les branches de ses lunettes. Une barbe naissante scrupuleusement taillée.

Il a fait quelques pas dans le salon et tout m'est revenu d'un coup : Hervé. Hervé Mallet, fils d'ouvrier avec qui j'ai fait l'essentiel de mon collège et de mon lycée, acolyte de Benoît Dehais dont j'allais devenir inséparable…

— Tu veux du café ?

— Je veux bien.

Je me suis engouffré dans la cuisine. Hervé me rappelait à cette période (bien trop longue) durant laquelle ma frêle allure et ma voix de fausset me valurent quotidiennement – au collège-lycée de Deauville, dans le bus qui nous y emmenait ou sur la place du Lavoir – des « tantouze » et des « tapette » accompagnés de rires gras et menaçants. C'est mon frère qui se chargea de me défendre dans un premier temps. Hervé et Benoît faisaient figure de leaders, ajoutant à leurs charges des connotations qu'ils empruntaient à leurs parents, « sale fils de bourge » étant le plus courant. Je m'en étais ouvert une fois à mon père qui m'avait conseillé de bien choisir mes amis et, pour le reste, de serrer les dents. « Ça te lâchera avant que ça les reprenne ! » Expression qui ne me fut d'aucun secours bien sûr. C'est pourquoi, lors de mon passage en seconde (date à laquelle mon garde du corps fraternel m'abandonna pour aller faire ses études à Paris), constatant que le hasard des répartitions nous réunissait Hervé, Benoît et moi dans la même classe, anticipant la torture que me serait leur voisinage (sans compter les brimades dans les vestiaires avant et après le sport), j'entrepris tout simplement de les séduire pour les neutraliser. Mon frère fut tout d'abord désarçonné par la manœuvre (« Tu ne vas quand même pas te mettre à fréquenter ces types qui t'insultent six fois par jour ! »), mais je lui expliquai mon plan qu'il ne trouva finalement pas si idiot : ces deux-là seraient mes amis dans un mois, prix de ma tranquillité. J'ai oublié les ressorts de ma technique d'approche, toujours est-il que, dès octobre, il ne fut plus jamais question de « tantouze » ni de « fils de bourge » dans leur bouche.

Habitué jusque-là (dans une logique de classe à laquelle nous ne réfléchissions pas le moins du monde) à ne fréquenter que des enfants de notables, je me surpris peu à peu à délaisser mes « semblables » pour passer le plus clair de mon temps avec Hervé et surtout Benoît. En ma compagnie, Benoît abandonnait ses numéros de fier-à-bras et se laissait aller à de fréquentes confidences. Élevé par un père alcoolique et brutal (qu'il imitait sans s'en apercevoir tout en s'en plaignant) sous le regard d'une mère dépassée, Benoît vivait chichement au milieu de trois frères aînés aussi braques que lui. J'ignore par quel miracle une telle amitié put naître entre nous. C'est sans doute cette « sensiblerie » qu'il avait tant raillée chez moi qui finit par le mettre en confiance, lui offrant une écoute et une empathie dont il doutait peut-être jusque-là qu'elles pussent être possibles. Hervé ne tarda pas à jalouser notre proximité, soupçonnant que nous partagions autre chose que le récit circonstancié de la vie au lycée.

Nous nous sommes perdus de vue après mon départ de Villerville. De ces séparations qu'on juge impossibles sur le papier mais qui se font si naturellement en réalité. Et c'est fort de cette distance que je « consacrai », sous le masque de la fiction bien sûr, mon deuxième roman à Benoît dont la personnalité m'avait à ce point touché qu'elle m'inspira à l'époque bien plus que ma petite existence. *Un provincial* est un texte court où il ne se passe pas grand-chose sinon la dérive d'un adolescent maltraité par son père, marchant sur le fil de nuits alcoolisées et de journées poisses dans un village français lambda. L'impossibilité de s'octroyer un destin, la bataille quotidienne pour échapper à la violence paternelle : voilà ce qu'évoquait en substance le roman, le tout transposé dans un milieu bourgeois, de sorte qu'on ne puisse pas reconnaître Benoît. « Mais que s'est-il passé pour que tu écrives des trucs pareils ? » Je commençai par essayer de rassurer ma mère, arguant qu'il s'agissait de pure fiction. « Qu'est-ce qu'on va penser de ton père ? Lui qui ne boit qu'aux grandes occasions ! » Constatant que je les avais plongés involontairement dans un profond désarroi et qu'ils se sentaient tenus en joue par leur cadet dont ils pensaient n'avoir rien à craindre, je dus abattre mon jeu et expliquer à maman que le héros de mon livre me ressemblait pour une part (on n'est quand même jamais mieux servi que par soi-même) mais qu'une autre part substantielle m'avait été inspirée par Benoît, mon ancien camarade de classe que je n'avais pas revu depuis des lustres. Plutôt que de la calmer, mon explication redoubla son accès de panique : « Mais de quoi tu te mêles ? Si les parents de Benoît viennent à lire ça ? Des clients de la pharmacie en plus ! » J'étais coupable. D'avoir laissé planer une ambiguïté à propos de mes parents. Et d'avoir mis à nu en place publique de braves gens qui n'avaient rien demandé à personne. Comme je l'ai dit, mon père ne fit aucun commentaire au sujet de ce roman. À la réflexion, je ne suis même pas sûr qu'il l'ait lu (Dieu sait ce que ma mère a pu lui raconter pour l'en dissuader). Quant à Villerville et à ses habitants, il ne me semble pas qu'on en parla plus que ça.

Benoît a-t-il jamais eu connaissance de ce livre ? Et sa famille ? Ou encore Hervé ? Je me les suis souvent posées avec anxiété, ces questions. J'avoue que je m'attendais quand même à un signe de Benoît. Qui ne vint jamais. Bien sûr, il y avait le risque qu'il soit offusqué de me voir trahir ses confidences, même plusieurs années après, et faire un tel portrait de son père ; mais il y avait aussi la possibilité qu'il décèle l'hommage que j'avais voulu lui rendre en m'inspirant de lui, car par-delà les manières de sauvageon que je lui avais empruntées (et qui me fascinaient, moi né d'une trempe si opposée), c'est avant tout son endurance et cette façon si animale de ne jamais courber l'échine que j'avais voulu évoquer. En outre, il m'avait importé de nous fondre tous deux dans cette figure de «provincial», immortalisant un peu de ce lien qui n'avait pas survécu à nos vingt ans mais nous avait occupés trois années durant.

Et puis le temps a passé, je suis si peu revenu à Villerville, j'ai publié d'autres romans, alors je concède que ces questions ont fini par se dissoudre tout aussi naturellement que nous nous étions perdus de vue. Et voilà qu'Hervé débarquait à nouveau dans ma vie en ce début d'après-midi. Hervé dont j'ignorais totalement ce qu'il était devenu, hormis ce que je voyais de lui : un costume mal ajusté, une mallette et une estimation à faire.

Il a bu son café d'une traite tandis que ma cuiller tournait encore dans la tasse.

— Alors comme ça, tu es toujours dans la région ?

— J'ai passé pas mal d'années sur Caen. Après, on s'est installés du côté de Barneville avec ma femme. On est en pleine campagne. C'est idéal pour les enfants.

Il m'a scruté avec un demi-sourire.

— Tu as eu l'air étonné quand tu m'as ouvert.

— Je ne savais pas du tout que c'était avec toi que j'avais rendez-vous. Mes parents n'ont pas dû faire le rapprochement.

— On est plusieurs à l'agence. J'ai un peu insisté pour être sur le dossier.

Je lui ai adressé une moue crispée.

— Je te propose qu'on fasse la visite maintenant, a-t-il suggéré. Et puis après, on se fait un petit tour sur la plage ? Comme au bon vieux temps !

J'ai acquiescé, perplexe s'agissant de ce « comme au bon vieux temps ». Il n'y a pas de bon vieux temps, Hervé, il n'y a que du temps révolu. Qu'attends-tu d'une balade en bord de mer quand la vie a dû tout mettre en œuvre pour nous séparer et engloutir nos fragiles attaches ?

*

— Au début, mes parents ne voulaient pas que je foute les pieds chez toi. « Pas du même monde », ils disaient. Ils ne comprenaient pas qu'on soit amis. Je me rappelle quand ton frère a eu son ordinateur : un Amstrad 6128 avec disquettes ! Je n'ai jamais osé réclamer ça. Ça les aurait rendus fou.

La marée tapait en bas du remblai. Je me sentais pris en otage et si peu désireux de procéder à d'émouvantes retrouvailles.

— Aujourd'hui, je peux payer un peu plus de choses à mes enfants. On a tout le confort. Si mon père était encore là pour voir ça… Il me dirait de ne pas tout dépenser, d'en garder pour les mauvais jours. Mais on ne vit plus comme ça, hein ? Les crédits, ça l'aurait affolé.

— Il est décédé il y a longtemps ?

— Six mois après la retraite. Bam, crise cardiaque. C'est injuste quand tu y penses. Il n'aura même pas profité. Et toi alors ? Toujours sur Paris ?

— Toujours.

— Et tu fais quoi ?

— Je continue à écrire.

— Ah oui ? C'est bien, ça. Tu écris quoi ?

— Des romans.

— Quel genre ? Polar ?

— Non, pas vraiment. Je ne saurais pas dire... Des romans, quoi.

— Il faudra que je lise un de ces jours. Tu en as écrit beaucoup ?

— Six.

J'étais soulagé d'apprendre qu'Hervé ne m'avait jamais lu. Quitte à entendre parler d'*Un provincial*, autant que ce soit de la bouche du principal intéressé.

— Et on les trouve où, tes livres ?

— En librairie. Ils existent aussi en poche.

Je m'en suis voulu de cette remarque, comme une condescendance de classe qui resurgissait malgré moi. Pourquoi ne pourrait-il pas se payer un livre en grand format ? Après tout il avait une maison, « tout le confort », selon ses propres termes.

— Il faut dire qu'on ne lit pas beaucoup, entre les enfants et le boulot.

— Ta femme, elle fait quoi ?

— Pareil que moi. C'est comme ça qu'on s'est rencontrés. T'es marié, toi ?

— Non.

Il s'en est très bien sorti, Hervé. Il y a même une fierté assez belle chez lui maintenant, une assurance dans ses questions et ses réponses. Il n'en est plus à conspuer le fils de bourgeois qui, lui, revient avec un métier dont il ignore tout (et qui n'a pas semblé l'impressionner plus que ça) ; un fils de bourgeois qui, à trente-cinq ans, n'est pas rentré dans le rang. Il n'y avait aucun jugement dans son regard, juste peut-être le regret que je ne sois pas *comme lui* : tout un pan de conversation et d'échange s'évanouissait du fait que nous ne pourrions évoquer ensemble femmes et enfants.

— En tout cas, la maison peut partir vite, a-t-il affirmé. Un plan comme ça : les Parisiens en raffolent.

— Il y a quand même ces infiltrations au second…

Et je me suis demandé à quoi je jouais brusquement. J'ai imaginé la tête déconfite de mes parents et de Cyrille s'ils m'avaient entendu nous tirer cette balle dans le pied.

— Je vais faire venir quelqu'un. J'affinerai l'estimation en fonction. On retourne ? J'ai pas mal de visites cet après-midi. Je vais te laisser mes coordonnées.

Tout en marchant, il a entrouvert sa mallette et attrapé une carte.

— Tu repars quand ?

Je me suis surpris à dire :

— Je ne sais pas.

Et puis :

— Quand est-ce que tu penses pouvoir faire venir quelqu'un pour le toit ?

— Je te tiendrai au courant. Dans les jours qui viennent.

— Sans compter cette chaudière qui a lâché, ai-je repris comme pour moi-même. Je ne peux pas partir avant de l'avoir fait réparer.

— La chaudière a lâché ? a-t-il répété d'une voix compatissante. Tu dois te les peler la nuit.

— On a un beau mois d'octobre. Pas si terrible.

Il a souri.

— Alors on a le temps de se revoir, si je comprends bien ?

Je l'ai observé quelques secondes.

J'ai acquiescé.

*

Décommandé le taxi.

Pas pris mon train.

Soirée suspendue. Descendu une bouteille de vin, repassant le film de ces deux derniers jours.

Je suis monté me coucher. Et c'est tombé : cafard à couper au couteau. Penché à la fenêtre, à respirer la nuit, juste ça, j'encaisse en quelques secondes une bouffée qui me rappelle à ma vie ici, toute ma vie ici, d'un coup, sans image aucune, juste un parfum d'extérieur qui ne me terrasse pas mais me laisse avec une lame feutrée qui remonte dans le thorax. Tout est là brusquement, qui n'était que commodément « loin », passé.

Qu'est-ce que je fous là ?

11 octobre 2011

Message de mon frère : « Aurèle, on attend ton coup de fil. Comment s'est passée la visite ? Les parents s'inquiètent. Rappelle. »

J'ai envoyé un mail à mon attachée de presse pour reporter ce que nous avions prévu aujourd'hui. Prétexté une rhinopharyngite, ma spécialité.

À midi et demi, après deux cafés, je suis allé faire quelques courses. Acheté de la viande, du fromage, des fruits, un tube de lessive pour laver le peu que j'ai emporté et des cachets pour mon crâne. Un accès de tristesse m'a envahi au moment de rentrer dans la pharmacie. Je ne sais même pas si le type derrière le comptoir m'a reconnu, j'ai payé et quitté les lieux sans m'attarder. À peine dehors, c'est la place du Lavoir qui s'est remise à vivre, avec cette sensation d'adolescence plantée dans l'estomac : j'ai revu les bandes embusquées sous la halle, prêtes à commenter la simple vue de mon corps trop long, trop maigre, de mes traits pas suffisamment masculins et les accents de cette voix qui tarda tant à muer. Paris m'aura, entre autres choses, autorisé ça : pouvoir me fondre dans la foule, marcher dans la rue sans craindre de me faire insulter. Mes livres m'auront autorisé plus exaltant encore : être entièrement responsable des jugements que j'inspire, fussent-ils négatifs.

Il s'était de nouveau éveillé en moi, l'adolescent obnubilé par ce seul horizon : partir et ne plus jamais se voir humilié pour des choses si peu consenties – un corps. Si j'ai cousu mon destin à celui de mon frère, projetant d'échapper avec lui à mon village, c'est d'abord parce que je me savais indésirable, indésiré. Et voilà que j'étais brusquement ce garçon de trente-cinq ans traversant la place du Lavoir déserte, une légère anxiété dans la paume des mains, guettant et jetant des coups d'œil furtifs alentour. Mais rien ne vient. Où sont-ils ceux qui l'ont écrasé si quotidiennement ? Vieillis, casés, partis, oubliés, agents immobiliers, pas là, assagis, autrement, ailleurs.

À quoi bon rester si c'est pour revivre ça ?

*

On a sonné en fin d'après-midi. J'ai espéré qu'il s'agissait de Perrac et de son chauffagiste. Pas du tout.

Je lui ai proposé d'entrer mais elle tenait à rester sur le pas de la porte. Une femme sans âge dont on voyait que la vie lui avait appris à ne rien revendiquer d'elle-même ; du « personnel de maison », comme disait ma grand-mère maternelle qui n'en avait pas, à regret.

— Madame est arrivée hier. Elle a su que vous étiez de passage. Elle souhaiterait que vous veniez dîner demain soir.

Madeleine de La Varende, dite Mado. La femme la plus riche qui m'ait jamais été donné d'approcher. Maman jouait au bridge avec elle et Mado invitait régulièrement mes parents à dîner avec du « beau monde ». À partir d'un certain âge, il fut décrété que nous pouvions assister à ces soirées, Cyrille et moi. Nous observions en silence, sirotant un jus de fruits au milieu d'un nuage de fumée. Il fallait toujours un temps d'acclimatation au terme duquel papa et maman paraissaient retrouver un amour-propre que le décorum et la faconde de Mado avaient manifestement mis en pièces pour commencer.

Je voyais en elle une anticonformiste réjouissante : veuve à qui l'on a connu quelques mignons juvéniles, assumant sa fortune et son dilettantisme comme nulle autre, alcoolo-tabagique inconséquente, arborant en toutes circonstances un sourire qui me semblait raconter toute son histoire sans qu'un mot dût être prononcé (l'ennui et la nécessité panique qu'on la divertisse, d'où également cette curiosité insatiable quand elle vous tenait en face d'elle). À notre majorité, il est arrivé que nous laissions nos parents rentrer se coucher ; nous buvions avec la « vieille » jusqu'à tard dans la nuit. Nos parents toléraient. Parce que c'était elle. Et parce que c'est elle qui leur avait prêté une somme substantielle lors de l'achat de la maison. Une femme que rien n'obligeait à se pencher sur vous mais qui s'y employait avec naturel, n'ayant rien d'autre à faire. Et puis regagnant finalement sa chambre pour ressasser des épisodes, des manquements ou des bonheurs passés dont elle ne parlerait jamais.

— Demain soir ?

La femme a acquiescé.

Je me suis demandé où j'étais censé être demain soir.

— Dites-lui que j'y serai.

— Elle vous attendra à vingt heures.

Je viens donc de signer pour une journée supplémentaire à Villerville.

*

Ce soir, je suis de nouveau sorti dans le jardin avec un verre de vin. Accoudé devant la mer, j'ai regardé la lumière décliner.

Lorsque je suis entré dans la maison dimanche, j'ai tout de suite senti cette odeur d'humidité qui n'aurait jamais été perceptible du temps où mes parents vivaient ici. Elle m'a semblé raviver le souvenir d'une vie d'avant, que nous n'avons pas connue, lorsque les murs n'étaient pas habillés par les tissus et les papiers peints choisis par ma mère, comme si la matière d'une occupation très ancienne suintait, tentant de reconquérir un peu de terrain en notre absence. Percevant semblable effluve en revenant du jardin, cette odeur m'a plombé.

Erré sur Facebook. On ne s'étonne pas de mon silence depuis quelques jours. Rien de surprenant. Une disparition sur la Toile se remarque à peine, comme de quitter une soirée sur la pointe des pieds sans saluer personne.

Rituel que je découvre et dans lequel je ne parviens pas à prendre mes marques : lorsque je me résous à monter me coucher – fermer les volets, éteindre les lampes une à une. Les gestes de mon père. La place de mon père. Un dernier regard sur le séjour que seule la lumière de la cage d'escalier permet de distinguer. Je gravis les marches dans le silence le plus total. Légère pression à l'avant du cœur.

Je me penche à la fenêtre. Partagé entre l'enchantement de la marée obscure, des cloches qui sonnent les heures et le cafard toujours aux aguets. Étourdi (anesthésié) par l'alcool, je songe à la rumeur permanente que j'entends à Paris.

Rappeler Hervé.
Lui demander les coordonnées de Benoît.

Je me glisse dans le lit. Mes pieds parcourent le drap froid. Alors : réapprendre les bruits de la maison qui retardent mon endormissement. Le bois des parquets qui travaille. Les radiateurs muraux dans lesquels l'eau goutte et glisse. Cet ordinaire organique qui ne l'est plus du tout pour moi. Et, au matin, ne pas s'attendre à entendre mes parents se lever, ni à percevoir le grésillement du rasoir électrique de mon père. Ni rien, en fait. Que ma solitude dans la maison de mon enfance.

12 octobre 2011

Rêvé de Junon. Elle dort sur le dos, nue. Je me tiens sur le pas de la porte. J'ai dans les mains la même scène mais en photo. Mes yeux vont et viennent entre le cliché et elle.

*

Chaudière réparée. Après trois nuits froides et autant de douches glacées : radiateurs à bloc pour ce soir.

J'explique à mon attachée de presse que mieux vaut oublier tout ce que nous avions prévu cette semaine. « Je ne serai pas sur pied. » Elle : dépitée, pour ne pas dire suspicieuse. J'écourte la conversation.

Texto à mes parents, ainsi qu'à mon frère : « Visite bien passée. Estimation à venir. »

Quant à Hervé, je suis tombé sur sa messagerie. Fait mine de venir aux nouvelles. Demandé, comme en passant, s'il pouvait me donner le numéro de Benoît.

Rien à faire de la journée, sinon attendre l'heure de partir dîner chez Mado. Flâner sur la plage (prendre la direction de Trouville, à l'opposé de la parcelle de plage où j'ai laissé ma « grande rupture à marée basse »). Et puis, de retour à la maison, tourner en rond. Ressasser. Observer ces meubles et ces objets familiers, sans savoir ce que nous en ferons, de même que ces murs auxquels je vais devoir abandonner tout de ce qu'ils ont abrité. J'ai voulu quitter Villerville à toutes forces, ne revenant par suite qu'avec parcimonie, et me voilà affrontant par avance la séparation d'avec cette maison… Car c'est bien ça dont il s'agit : la maison va être vendue et je donnerais cher pour ne pas avoir à la vider, comme l'on refuserait d'aller à la reconnaissance d'un corps. Je savais ma jeunesse révolue ; aujourd'hui j'ai la tardive et imparable occasion d'en déplorer enfin la disparition. Je n'ai pas vu le temps filer ; écrire, devenir, ne pas se retourner. Et je n'ai pas eu grand mal à laisser cette vie-là où elle était tant qu'elle n'était pas enterrée. La vie sans date butoir. Mais il fallait bien que je me retrouve un jour, comme tout le monde, au seuil d'une affaire classée.

*

Coup de fil de Junon en fin de journée.

— Mais qu'est-ce que tu fais là-bas ?

Je lui ai tout raconté, depuis l'appel de mon frère jeudi dernier jusqu'à mon énième mal de crâne ce matin.

— Tout seul, c'est rude. Cyrille aurait quand même pu t'accompagner…

— Cyrille considère que j'ai trente-cinq ans et que je suis tout à fait à même de prendre sur moi.

— Tu ne seras pas là pour l'anniversaire de Michelle si je comprends bien…

— C'est quand déjà ?

— Samedi soir.

— Possible que je sois rentré.

— Elle serait déçue que tu ne sois pas là. Je ne devrais pas te dire ça, je sais. Tu écris ?

— Je prends des notes… Dis à Michelle que je pense très fort à elle.

— Je lui dirai.

— Je te tiens au courant pour samedi. Je t'embrasse.

Michelle. Que je le reconnaisse ordinairement ou non, j'ai tout fait pour que se tisse un lien privilégié entre elle et moi. Ce fut d'abord imperceptible, mû par un sentiment de culpabilité. Puis j'ai glissé. Je peux même situer le jour exact où j'ai reconnu que j'étais pris dans cet écheveau d'amour. C'était en juin, il y a deux ans. Junon avait été appelée d'urgence par l'hôpital Trousseau. Michelle venait de faire une crise de convulsions qui avait terrifié sa nounou. J'ai rejoint Junon dans le douzième arrondissement. Nous avons traversé le service des urgences au pas de course jusqu'à une petite pièce où se trouvait un lit profond aux rebords de Plexiglas. Michelle n'a pas tendu les bras vers sa mère : elle a commencé par inspecter son visage pour savoir quoi penser de l'effervescence inquiétante dont avait été faite sa journée. Junon et moi avons composé une expression radieuse. Il était pourtant parfaitement insupportable de voir ce petit corps démuni, cerné de sondes, jusque sur le crâne. Une découverte pour moi (je veux dire ressentie, traversée et non plus simplement pensée, envisagée dans le vide) : la pire des finitudes possibles était nichée dans cette image-là ; Michelle se tenant sage dans une pièce des urgences de l'hôpital Trousseau. Si cette vision me poursuit aujourd'hui encore, s'il m'arrive de cauchemarder toutes sortes de choses impliquant Michelle, c'est ce jour-là que j'ai dû rendre les armes et admettre que quelque chose me tenait auprès de cette enfant contre quoi je ne pourrais rien. Oui, j'ai rendu les armes, en espérant que jamais cet amour ne pèsera sur elle, qui n'a rien choisi mais devra, vaille que vaille, faire avec. Et, bien sûr, il me faudra lui dire un jour : Michelle est l'enfant de sa mère mais elle est également l'enfant que je n'ai pas eu.

*

Une silhouette chétive et cerclée d'arthrose, flottant dans des vêtements vraisemblablement hors de prix : voilà ce que j'ai vu en pénétrant dans le salon où Mado m'attendait. La mondaine s'est tassée, son visage s'est amaigri mais elle garde le même port souverain, ainsi que son sempiternel parfum de chez Guerlain.

J'aime l'atmosphère de sa maison alors qu'on pourrait légitimement déplorer une légère asphyxie dans cette profusion de tableaux et de taffetas qui arrête la lumière, laissant les lampes Tiffany et les appliques Art déco jeter leur faible lueur sur des antiquités qu'on ne peut dénombrer ni détailler tant elles se superposent les unes aux autres. Tout est surchargé dans cette bâtisse dont Mado ne doit occuper que deux ou trois pièces.

L'apéritif nous a naturellement été *servi* dans des verres ciselés. Et elle : petite chose charmante et crâne, juchée sur sa chaise Louis XV, balançant entre provocation et sourires affectueux, soucieuse de montrer qu'elle est plus que jamais vivace, mais toujours aussi avide qu'on peuple son désert.

— J'ai demandé à Nassim de nous préparer un tagine de poulet au citron. Ça te va ?

J'ai acquiescé timidement.

— Tu as vu toutes ces coccinelles ?

Elle s'est tournée vers l'une des grandes fenêtres qui ne dessinaient pourtant que de larges carrés de nuit à cette heure.

— Elles sont partout. J'en ai compté plus

d'une quarantaine sur la façade cet après-midi. Elles cherchent un endroit pour hiberner. Noires à taches rouges. Ce sont les Chinoises. Il faut les tuer, celles-là. Des saloperies. Elles rentrent partout. Santé !

Nous avons trinqué. Whisky ici.

Elle a allumé une menthol.

— Vous prévoyez de rester longtemps, Mado ?

Elle a balayé ma question d'un geste vague.

— Oh, je rentre quand je commence à me barber. En attendant : quelques dîners avec les rombières du coin, un peu de casino à Deauville…

Elle s'est interrompue.

— Quoiqu'il soit devenu à peu près aussi vulgaire que celui de Trouville, n'est-ce pas ?

— Je n'y vais jamais.

Elle a bu une longue gorgée.

— Je ne comprends pas ça.

— Quoi donc ?

— Vous n'avez pas le goût des bonnes choses, ton frère et toi.

Elle a reposé son verre bruyamment sur la table basse.

— Tu es arrivé quand ?

Mado est championne dans l'art de l'enchaînement rapide. Pratique mondaine clé : chasser les mots et les sujets de conversation les uns après les autres, les épuiser d'une phrase ou deux, toujours bifurquer et fuir ainsi l'ennui tout en s'y vautrant pour finir, à force de ne parler de rien. Il doit y avoir une vraie mélancolie à n'avoir vécu que de ça.

— Je suis là depuis dimanche.

— Tu as vu Deauville ? C'est de pire en pire.

Je la sentais venir.

— Ils arrivent le vendredi soir. Parfois la veille. Par grappes entières. Tout le Sentier ! On n'est plus chez nous, ma parole.

Autrefois, Mado moquait l'antisémitisme qui sévit chez certains bourgeois de la région. Aujourd'hui, elle l'a embrassé.

— Tu sais que je te lis, jeune homme !

— Très flatté…

— Ça commence à être pas mal. Mais c'est un peu sombre tout de même.

— La vie l'est parfois.

— J'étais sûre que tu allais me répondre ça. Mais quand est-ce que tu vas me faire rire avec tes livres ? Tu es tellement sérieux. Oh, c'est ta sensibilité probablement. Mais tu n'es pas assez… méchant, tu vois ? Un peu teigne ! En tout cas, ça doit plaire aux femmes. Tu écris comme une femme.

— J'aime assez l'idée. Je le prends comme un compliment.

— Duras écrivait comme un homme. Tu peux bien écrire comme une femme.

— Vous trouvez ?

— Masculine, Duras ! Très masculine !

Elle a appelé la « domestique » aperçue hier et lui a fait signe de nous resservir d'un doigt impérieux et déformé.

Je n'ai jamais cherché à contredire Mado sur ses avis littéraires qui sont, la plupart du temps, totalement farfelus. Ils ont le mérite d'être distrayants ; après tout, c'est bien ce qu'elle cherche, quitte à dire n'importe quoi.

— Je revois ta mère lorsqu'elle m'a offert ton premier roman. Je me suis dit : « En voilà une fière comme Artaban. »

— Fière ?

Mado a eu un sursaut d'étonnement.

— La levée de boucliers quand elle s'est aperçue que la bibliothèque ne l'avait pas acheté ! Bien sûr qu'ils sont fiers de toi ! Qu'est-ce que tu crois ?

— Je crois qu'on peut finir par être fier de ses enfants, tout en regrettant de ne pas comprendre exactement ce qu'ils sont devenus…

— Tu t'écoutes parler, là. Tes parents sont très fiers. Un point, c'est tout. En revanche, je dois te dire que les films de ton frère m'emmerdent.

Quelque chose s'est noué en moi.

— Vous les avez vus ?

— Bien sûr. Je m'intéresse. Qu'est-ce qu'il est allé se piquer de politique ? J'imagine la tête de tes parents.

— Papa et maman savent très bien que nous ne sommes pas du « même bord », comme on dit.

— Oui mais là… C'est ostentatoire. Non ?

Je n'ai rien rétorqué.

— Ah, ce frère ! Toujours ton maître, c'est ça ?

— C'est une façon de dire les choses…

— Je le sentais quand vous veniez me voir. Lui me tenant tête sans jamais rien lâcher. Et toi, silencieusement admiratif, n'apportant ta petite contribution que si le mentor t'avait laissé la voie libre… On en a passé de bons moments tous les trois, hein ?

Elle a plissé un peu les yeux.

— Et il n'a pas de mal à les financer, ses films ?

— Ne vous inquiétez pas. Il est à la mode.

— Je pourrais lui présenter Pierre.

Elle a ajouté, comme en passant :

— Pierre Berger. Il ne sait plus quoi faire de son fric, celui-là.

Elle a fini son deuxième verre.

— Bon, je ne te demande pas ce que tu es venu faire ici. On ne sait jamais pourquoi on revient, n'est-ce pas ? On se noie dans tout ce qui est perdu et puis on s'en va.

Je devais la fixer d'un drôle d'air. Elle venait de résumer avec une exactitude troublante ce que je vis ici depuis mon arrivée.

— Tu me trouves cynique ?

— Cynique, je ne sais pas…

Elle a eu un mouvement d'impatience.

— Si tu ne peux pas me faire rire, sois franc au moins ! Tu n'es pas devenu de ces tièdes quand même ?

Elle s'est extraite de son fauteuil.

— Allons déguster ce tagine. Qu'on ait au moins gagné quelque chose en les laissant venir chez nous.

Elle s'est dirigée vers la salle à manger d'un pas qu'elle voulait allègre mais qui n'était rien d'autre qu'empesé.

Méchamment racornie, la vieille, me suis-je répété avec tristesse. À la désinvolture insolente d'avant (qui laissait deviner en filigrane une élégante tristesse) s'est substitué quelque chose comme une sale odeur ; le rance (auquel se mêlaient auparavant suffisamment d'autres traits pour faire un être complexe) a pris toute la place. Qu'est-ce qui a bien pu m'inspirer cet attachement, me suis-je encore demandé en la suivant dans la grande salle à manger sombre. Plaisir d'assister au spectacle d'une femme que nous jugions décadente à force de la voir s'autoriser des sorties de mauvais goût, ou juste inconvenantes par rapport à nos référents familiaux, à ce qui se disait et ne se disait pas. Satisfaction de sales gamins à voir un peu de bordel dans cette bourgeoisie tirée à quatre épingles. Et puis, fascination pour l'exotisme de ce musée-mausolée. Fantasme à l'approche d'un air que nous imaginions joliment vicié (plutôt morbide, je m'en aperçois aujourd'hui). Alors ? Avons-nous rêvé Mado pendant toutes ces années ? L'avons-nous *inventée*, mon frère et moi, parce qu'elle se prêtait au contre-modèle temporaire dont nous avions besoin pour déstabiliser notre petit monde ? Il n'empêche : elle s'est aujourd'hui retranchée à un endroit où il m'est impossible de la rejoindre.

Au moment de m'installer à table, revenu de mes souvenirs enjolivés, j'ai compris que le temps allait me paraître très long. J'ai su que j'allais devoir éviter savamment pas mal de sujets pour ne pas avoir à entendre ses petites opinions nauséabondes, la relancer sur des pistes plus anodines, ménager son narcissisme qui n'est plus du tout drôle depuis que les contrepoints malicieux ont disparu. J'ai su que je ne resterais pas à picoler jusqu'au milieu de la nuit avec la vieille « subversive » de mon adolescence, laquelle n'est plus aujourd'hui qu'une roublarde en fin de course.

13 octobre 2011

Toujours pas de nouvelles d'Hervé. Je finis par me demander si je ne l'ai pas agacé (vexé ?) en lui demandant le numéro de Benoît. Peut-être déplore-t-il que je ne fasse pas grand cas de nos retrouvailles, le reléguant au rôle fonctionnel d'agent immobilier missionné par mes parents. Ou est-il juste occupé à plus important ?

En fin de matinée, j'ai pris le bus pour Deauville. J'ai fait le tour de la place Morny, flâné rue Eugène-Colas en direction du casino. Ma mère avait coutume de nous emmener au Printemps pour nous « habiller ». Nous lui quémandions toutes sortes de fringues, négociant âprement avec elle, comparant au fur et à mesure ce que l'un et l'autre avaient obtenu, refaisant les comptes, soucieux d'arriver à une stricte équité. C'est étrange comme cette obsession nous a finalement lâchés, Cyrille et moi. Vêtu comme un sac (ou, devrais-je dire, avec une absence de goût à laquelle Karen a cessé de vouloir remédier), mon frère se fiche bien de se négliger ; je le soupçonne même de penser qu'il s'agit là d'une vertu ou, tout du moins, de la preuve manifeste qu'il a placé son exigence en des sphères autrement plus intellectuelles et estimables. De mon côté, j'ai appris à passer inaperçu, laissant derrière moi ce corps adolescent qui s'attirait si spontanément les railleries : pull noir, jean noir, Converse (grises).

Longeant le casino, je suis passé devant l'entrée du cinéma. Papa nous y accompagnait assez régulièrement. C'était le samedi soir ou le dimanche après-midi. Maman nous regardait partir « entre hommes », trop heureuse, j'imagine, de pouvoir s'octroyer un moment de solitude. Et nous aimions ça : être « entre hommes ». L'expression ne me semble d'ailleurs audible qu'entre père et fils. Assis au fond de nos sièges, nous contemplions le grand rideau qui s'ouvrirait par le milieu juste avant que la salle n'aille au noir et exposait en attendant des « réclames » pour les restaurants et les commerces de Deauville. Le jeu consistait à choisir un mot (si possible écrit en petit) et à le lancer à la cantonade jusqu'à ce que l'un de nous trois puisse énoncer où il se trouvait sur la toile. Ce divertissement – repris chaque fois avec l'évidence d'un rendez-vous consubstantiel à la séance – nous mettait dans une joie extraordinaire. Habitués à faire notre vie de notre côté et à voir des films dont la facture aurait peut-être échappé à notre père, nous étions brusquement prêts à subir n'importe quelle daube (prenant soin de ne pas commenter après coup) pourvu que nous puissions vivre cet instant fugace durant lequel papa était « à nous ».

J'ai déjeuné sur la place du Marché. Terrasse au soleil. Température étonnamment douce. Ôté écharpe et blouson. Deux femmes se sont installées à une table voisine. La première, soixante-cinq ans environ, très chic, altière, bras croisés sur des seins volumineux avec un sourire rendu étrange par la chirurgie esthétique. La seconde : vingt ans de moins, accent anglophone, voix douce, habillée d'un survêtement et de chaussures de sport. Je n'ai pas avancé d'une ligne dans la lecture du journal, fasciné par le silence entre les deux femmes que de très rares dialogues venaient interrompre. On est venu leur servir des filets de bar. Tout occupées à déjeuner sans chercher à chasser le vide, la femme de soixante-cinq ans n'a cessé d'adresser des sourires liftés à la seconde, laquelle s'est mise à accompagner chaque bouchée d'un petit râle de contentement.

Pénétrant dans la librairie, je suis tombé nez à nez avec mon portrait (une affiche promotionnelle fournie par l'éditeur). Contraint et forcé, j'ai pris sur moi de me présenter. Libraire très sympathique. Assez réservé. J'aime la réserve. De quoi inspirer spontanément confiance. Je lui ai demandé s'il ne s'ennuyait pas trop à Deauville. Il a concédé que l'hiver était difficile à passer certaines années. Au reste, sa clientèle et la rentrée scolaire ne lui laissent quasiment pas le temps de prendre de vacances. Je l'ai remercié pour l'affiche. Il m'a demandé si le livre marchait bien. J'ai improvisé un «On n'a pas à se plaindre». Il m'a suggéré de venir signer un de ces jours. J'ai décliné la proposition. Je n'ai décidément pas emporté le déguisement de l'écrivain avec moi.

Acheté *Écrire* de Duras et le premier tome des *Papiers collés* de Perros.

*

J'ai interrogé ma messagerie en rentrant de la plage. Il devait être dix-sept heures. C'est une voix hésitante qui m'attendait, celle d'Hervé. «Benoît est mort. Il y a quatre ans déjà. Je pensais que tu avais su.» Suivaient quelques phrases balbutiantes, un raclement de gorge, son souffle dans le combiné qui cherche à reprendre la parole, sans parvenir à trouver le moment approprié. «À très bientôt.»

J'ai reposé le portable. J'ai voulu aller boire un verre d'eau mais je n'ai pas bougé.

J'ai réécouté le message.

Ouvert une première bouteille de rouge à vingt heures.

Une seconde à vingt-deux heures.

14 octobre 2011

Cette nuit, j'assiste à la mort de ma mère. Elle est allongée sur un piano à queue. J'appelle au secours. On me dit : « Ce n'est pas la peine. C'est fini. » Moi, je m'entête à lui demander si elle m'entend. Je ne comprends pas pourquoi mon père et mon frère ne sont pas là. Au bout d'un moment, j'admets qu'elle est effectivement en train de mourir. Mais, curieusement, elle semble paisible. Elle désigne sa gorge : « Embrasse-moi là, mon petit chat. »

*

Réveillé à onze heures. Gueule de bois.

Trouvé la bouteille à moitié pleine au pied du lit.

Ressassé toute la fin de matinée l'appel d'Hervé, revenu de mon anesthésie alcoolisée, rendu à terre.

Marché jusqu'à la sortie de Villerville, rue du Général-Leclerc. Face au musée du Coquillage, le cimetière est discrètement encastré entre deux allées. Il y a là quelques dizaines de tombes, pas plus. J'ai retrouvé sans mal le caveau de mes grands-parents maternels. Aperçu aussi le granit sombre de Fernand Ledoux, petite gloire locale. D'instinct, je suis allé au fond du cimetière, près d'un grand if, là où plusieurs mètres carrés semblent encore disponibles. Je n'ai pas tardé à le trouver. Qu'ai-je trouvé ? Son nom : « Benoît Dehais ». Et les dates : « 1975-2007 ». Les deux pots de fleurs semblent régulièrement entretenus. Pour le reste : rien que la pierre pâle, modeste. Et cette plaque : « À notre fils bien-aimé. » Nulle pièce à conviction. Juste une confirmation. Les tombes ne servent qu'à ça : chasser ce sentiment d'irréalité que je traîne depuis hier soir. Il y a bien le bruit des mots. Mais de réalité ? Il me faudrait un récit, une représentation autre qu'une sépulture bon marché pour laisser le fantôme prendre corps. Une reconstitution des faits, avec force détails.

J'ai repris la direction du centre-ville. J'en voulais confusément à Hervé de m'avoir annoncé ça par répondeur interposé.

Resté arrimé au canapé du salon une bonne partie de la journée. Me suis forcé à manger une boîte quelconque.

Je faisais quoi, moi, en 2007 ? En 2007, pendant que Benoît disparaissait pour d'obscures raisons, j'habitais seul à Bastille un petit studio hors de prix que je n'allais pas tarder à quitter. En 2007, des filles m'y rejoignaient, que je regardais avec un air désolé au moment de leur dire qu'on ne se reverrait pas. En 2007, je sortais frénétiquement, guettant l'oubli et l'horizon d'une renaissance. En 2007, je m'enfonçais. Je buvais. Sitôt la nuit tombée. Comme toujours quand je bois. En 2007, je ne pensais plus à Benoît, pas plus qu'à *Un provincial*, roman qui avait fait son temps ; je m'évertuais à tenter d'enterrer mon histoire avec Junon, mettant la dernière main à un autre roman intitulé *Sans elle*. En 2007, j'avais trente et un ans, un sentiment poisseux d'échec collé aux basques dans lequel je me vautrais complaisamment.

Et lui, il crevait.

*

La dernière fois, c'était en juillet 93, le soir des résultats du bac : je l'avais, Hervé aussi, Benoît allait au rattrapage. Mes parents avaient ouvert le champagne, il était entendu qu'ils loueraient à Paris dès le mois d'août un appartement pour les deux fils. Partir, c'était donc acté. Ce soir-là, de petites bandes hilares parsemaient la plage. J'avais rejoint l'une d'elles, celle où se trouvaient Hervé et Benoît bien sûr, non sans une légère appréhension mais enfin : j'avais mon bac, je ne reverrais bientôt plus ces hyènes, c'était la trêve avant la fin des hostilités. Je ne me rappelle plus les prénoms de ces types, à l'époque je les connaissais, il n'empêche : je m'étais assis parmi eux avec un tel aplomb qu'aucun ricanement ne s'était fait entendre pour une fois, j'étais auréolé d'une mention très bien, après m'être fait traiter de polard et j'en passe, j'imposais brusquement une sorte de respect, on se quitterait là-dessus, je savourais. On ouvrait les bières au briquet, on les descendait au goulot, on lançait les cadavres à la mer, on portait des toasts aux collés dont le débit s'accélérait, ces parodies étant plus pénibles qu'autre chose. Les doigts occupés à gratter machinalement l'étiquette de sa bière, Benoît sauvait les apparences, riant aux blagues comme un figurant soucieux de bien faire, puis se faisait de nouveau oublier. J'étais assis non loin de lui, interceptant à intervalles réguliers une détresse dans ses cernes qu'aucun autre que moi n'aurait pu déceler. Son teint semblait jaunâtre, absorbant jusqu'à ses taches de rousseur qu'il avait pourtant nombreuses. On s'agitait, Hervé au premier chef, la nuit tombait et les garçons commençaient à envoyer en l'air leurs T-shirts sous le regard brillant des filles, leurs cris d'encouragement, ça se terminerait probablement en bain de minuit, ou le front dans sa gerbe, on voyait bien où ça allait. Je faisais passer les joints sans y toucher, Benoît tirait des lattes volontaristes. Trois ou quatre types ont fini par se jeter à l'eau, on les a vus disparaître dans l'obscurité, culs nus, d'autres ont sombré dans quelque paire de poitrines convoitée depuis le début de la soirée. C'est à peu près à ce moment-là que Benoît m'a adressé un regard appuyé. Sans que personne ne remarque rien, nous nous sommes levés, il a attrapé deux bières, nous avons quitté le groupe et marché en direction du centre nautique au bout du remblai. Il s'est accroché à mon bras. Le verre des bouteilles qu'il tenait d'une main tintait. Il s'est laissé glisser contre la coque d'un catamaran et il a dit : « Je suis défoncé. » Il s'est escrimé avec son briquet sur une bière. En désespoir de cause, il me les a tendus. J'ai fait signe que je ne savais pas faire. Il s'est redressé et il a frappé violemment le goulot contre la coque. J'ai rentré la tête dans les épaules. Au bout de cinq ou six coups, elle a explosé. Il a brandi triomphalement la bouteille. J'ai dit : « Ne bois pas ça, tu vas avaler des tessons. » Il a médité ma remarque d'un œil morne et il a jeté la bière à quelques mètres. Il s'est affalé de nouveau. Sa tête a basculé doucement vers moi. Il a marmonné : « Qu'est-ce que je vais faire ici tout seul ? — Tu parles de quoi ? — L'année prochaine… — Pars pas vaincu. Pourquoi tu ne serais pas reçu ? » Il a hissé la paume de ses mains en signe de perplexité et les a laissées retomber, comme à bout de forces. « Je n'aurais pas dû écouter ces enculés. Aujourd'hui, mon CAP, je l'aurais. » Il voulait parler des professeurs qui, chaque année, lui avaient donné sa chance, le laissant passer en classe supérieure, quand bien même il n'avait pas la moyenne. Lui aurait voulu quitter le lycée général mais on l'avait sauvé. « Je ne veux pas rentrer à la maison. Il va me tuer. — Tu vas venir dormir chez moi. » Le son de sa voix faiblissait. « Me lâche pas. — Je ne te lâche pas. » Je sentais bien qu'à rester là plus longtemps, je ne pourrais bientôt plus l'en faire bouger. J'ai essayé de le redresser pour qu'il se lève. « Benoît, un effort. » Il a passé son bras autour de mes épaules et je l'ai emmené vers la rue des Bains. Au loin, les flics avaient débarqué, braquant leurs lampes-torches sur les fêtards et s'employant à les disperser. Une fois à la maison, j'ai tenté d'être le plus discret possible mais maman est sortie sur le palier. J'ai dit : « C'est Benoît. Il ne se sent pas bien. » Elle a soupiré, puis elle m'a dit de le coucher au second. Je l'ai déshabillé. Son front ruisselait. Je lui ai fait boire de l'eau. Maman a déposé une bassine au pied du lit. Elle a chuchoté : « Couche-toi maintenant. » J'allais réintégrer ma chambre mais Benoît a dit : « Non. Reste. » Je me suis allongé à côté de lui. Il était sur le dos, les yeux exorbités. « Tu crois vraiment que je peux l'avoir ? » J'ai souri. « Ce n'est pas perdu. » Il a penché la tête de mon côté et esquissé un sourire qui s'est transformé en une vague grimace : « Putain, ça tourne. — Reste comme tu étais. » Il a de nouveau calé sa nuque sur l'oreiller. Je devais déjà sombrer. Je me rappelle juste avoir dormi d'une traite. Lorsque j'ai ouvert un œil au matin, prenant le temps de me remémorer pourquoi je me trouvais dans la chambre de mon frère, Benoît n'était plus là. Ma mère m'a seulement dit que, ne trouvant pas la clé de la porte d'entrée, il était sorti par l'une des portes-fenêtres de la véranda qui était donc restée ouverte une partie de la nuit. « Je ne dis rien à ton père. » Quelques jours plus tard, nous partions en vacances à Sainte-Maxime. J'apprendrais dans le courant du mois de juillet qu'il avait été finalement reçu, « tout juste », ajouterait-il au téléphone avant de lâcher un rire de soulagement. Je fis mon entrée à la Sorbonne à la rentrée et ne revins à Villerville qu'aux vacances de Noël. Je ne mis pas un pied dehors, arrimé à mes cours, clandestin n'envisageant plus une seconde de croiser ne serait-ce que le spectre d'une adolescence jugée à présent révolue.

Et ne revis Benoît qu'à de très rares occasions par la suite. Puis plus du tout.

15 octobre 2011

Cette nuit, je dîne dans un restaurant parisien avec Junon et Clélia. Je m'aperçois au milieu du repas que le serveur qui s'occupe de la table à côté n'est autre que Benoît. Il ne semble pas me reconnaître et quand je l'appelle par son prénom, il ne prête pas attention ou ne m'entend pas, continuant à servir et desservir avec amabilité.

*

Je me suis finalement décidé à rappeler Hervé. Il a décroché à la première sonnerie.

— Ah, je suis content de t'avoir.

Il s'est dit désolé pour son message « embrouillé » d'hier. Enjambant avec embarras le cadavre de Benoît, il a enchaîné à propos du toit :

— Je t'envoie un type de Cricquebœuf aujourd'hui.

— Un samedi ?

— Sans faute.

— Je devrais déjà être rentré sur Paris, moi !

Je me suis entendu hausser le ton sans raison.

— Excuse-moi. Ce n'est pas ce que je voulais dire. Je suis un peu tendu en ce moment.

Il a encaissé.

— Avec ma femme, on se disait que tu pourrais venir dîner à la maison un de ces soirs. Genre lundi ?

Je n'ai pas réfléchi. J'ai accepté.

L'avais-je appelé dans l'espoir d'autre chose ?

*

Me suis occupé de louer une voiture à Deauville. Bien en peine de spécifier pour combien de temps. J'ai opté pour deux semaines.

Marchant cet après-midi sur le front de mer, j'ai croisé une adolescente en pleurs qu'une jeune fille du même âge s'efforçait de consoler. Je dis « en pleurs » mais elle ne l'était pas tout à fait : de ces expressions démunies qu'affichent les enfants entre deux sanglots. J'ai ralenti mon pas, happé par cette vision. Michelle. J'ai *vu* Michelle dans une douzaine d'années. Je ne saurais trop expliquer pourquoi mais c'était elle, *par avance*. Son amie, un mouchoir en papier dans le poing, la faisait répéter. L'adolescente balbutiait de courtes réponses et son visage sur lequel se lisait le découragement (devant quelle épreuve ?) m'a pincé le cœur.

Je me souviens avoir vu *Bellissima* de Visconti juste pour contempler la petite Tina Apicella qui me rappelait Michelle sur la jaquette. Je me souviens aussi avoir vu *Une vie toute neuve* de Ounie Lecomte juste pour Kim Sae Ron qui me rappelait pareillement Michelle.

J'ai composé le numéro de Junon sitôt rentré.

— Toujours là-bas ?

J'ai confirmé.

— J'appelais pour l'anniversaire de la petite. Elle va bien ?

— Justement, j'allais t'en parler.

— Me parler de quoi ? ai-je répliqué avec appréhension.

— Si tu restes encore un peu à Villerville, accepterais-tu de la prendre pour les vacances ?

Je suis resté interdit.

— Je pourrais te l'amener le 22. Samedi prochain, quoi.

— Tu veux me la laisser ?

— Pourquoi pas ?

C'était oui, par avance. Évidemment, c'était oui.

— Et moi, je vais accepter ce shooting à Lausanne pour arranger mes finances.

— Tu… Tu viendrais un peu aussi ?

Junon a parfaitement compris à quoi je faisais allusion.

— Je te l'amène et voilà.

J'ai raccroché, parcouru d'une vigueur retrouvée à l'idée d'accueillir Michelle une semaine ici. Et conscient que je cédais une fois de plus au fantôme d'un amour disparu.

16 octobre 2011

Voilà une semaine jour pour jour que je suis à Villerville.

J'ai écrit un mail cordial mais ferme que mon attachée de presse trouvera demain en arrivant au bureau.

Indisponible jusqu'à nouvel ordre.

Cyrille m'a laissé deux messages hier. Le ton monte. Cet après-midi, j'ai décroché.

— C'est une blague ?

Silence. Que je n'ai pas cherché à rompre.

— Je croyais que tu avais autre chose à foutre ?

— Tu es où, toi ?

— À ton avis ? En plein tournage évidemment ! Tu vas m'expliquer, oui ou merde ? Pourquoi tu nous laisses sans nouvelles ? Il s'est passé quelque chose ? Et l'estimation ?

— Ça prend plus de temps que prévu. Je ne voulais pas inquiéter papa et maman inutilement.

Il a fallu faire vérifier la toiture. Le type a repéré des infiltrations au second. Ça rentre en ligne de compte, figure-toi. Je revois l'agent demain. J'en saurai plus.

— Il ne nous rappelle même pas, cet enfoiré !

— Tant que je suis là, il est à peu près normal qu'il me considère comme son interlocuteur. Au moins, je vais pouvoir assurer les premières visites.

Mon frère s'est mis à aboyer :

— Parce que tu comptes t'installer là-bas ?

— Je reste juste le temps de voir venir.

— Voir venir quoi ?

— Je vous envoie le prix de l'estimation dès que possible, ai-je composé avec calme.

— Mais ta putain de promo ?

— Tout va bien, Cyrille. Et puis, Michelle va venir quelques jours.

— Elles vont venir à la maison ? m'a-t-il coupé.

— Ça te dérange ?

— Junon, Michelle. Michelle, Junon. Tu as trente-cinq ans, Aurèle ! Qu'est-ce que tu fous de ta vie, putain ?

J'ai raccroché.

*

« Le fait même de se montrer sans cesse aux autres avec le masque de celui qu'on voudrait être nous fait perdre l'envie d'être véritablement celui-là et de travailler à le devenir. »

Il n'y a sans doute pas de hasard : tombé

là-dessus sitôt ouvert le premier tome des *Papiers collés* de Perros. Mon masque à moi : un garçon bien élevé, facile, rendant service, répondant volontiers à toutes les sollicitations, ayant mis un point d'honneur à recevoir on ne peut mieux dans sa petite boutique littéraire. Comme tout le monde, il m'arrive de me relâcher. J'en vois tout de suite les effets. Alors quoi de mieux, aujourd'hui, que de rester ici, n'être plus là pour personne d'autre que moi-même, lâcher ce masque idéal qui me pèse et Dieu sait qui de lui, de moi ou de nous reviendra à Paris.

17 octobre 2011

C'est un ancien corps de ferme perdu au milieu de nulle part.

— On n'a gardé que les murs.

Hervé m'a fait entrer dans un vaste espace haut de deux étages, coiffé d'une coursive en acier qui dessert les chambres. Chauffage par le sol sous le béton traité.

— On a campé pendant un an et demi dans la petite dépendance que tu as vue.

— Un an et demi ?

— On a tout fait nous-mêmes. Je n'aurais jamais eu les moyens sinon.

Il m'a présenté Frédérique et les deux enfants, Enzo et Morgane, dont j'ai vu les pyjamas disparaître au premier étage sitôt l'apéritif servi.

J'ai bu mon Martini un peu rapidement, pressé qu'une légère ivresse me déride.

— Vous étiez amis au lycée, c'est bien ça ? a demandé Frédérique.

J'ai acquiescé.

— Et on peut dire que ce n'était pas gagné ! a fanfaronné Hervé.

Je l'ai interrogé du regard.

— Oh, on t'a mené la vie dure au début mais la vérité, c'est qu'on n'osait pas t'approcher.

— Qu'est-ce que tu racontes ?

Il s'est tourné vers Frédérique.

— Il faut imaginer les deux frères, classe, l'air un peu hautain, dédaigneux, tu vois... Brillants. De quoi te filer des complexes.

Hervé m'a regardé avec un sourire étonné.

— T'en fais une tête...

— Je ne me suis jamais vécu comme ça, si tu savais !

— Alors comment ?

— Tout le contraire. Faiblard. Je rasais les murs. Je vous craignais, tous.

— Alors on peut dire que c'était bien joué ! Nous, on savait que vous iriez loin. Et si ça faisait chier mes parents que je te fréquente, moi je n'étais pas peu fier de m'afficher avec toi !

— Comme quoi...

— La preuve en est qu'on ne s'est pas trompé : Monsieur l'écrivain !

Benoît. Lui demander pour Benoît.

— Et maintenant tu vis à Paris ? a repris Frédérique.

J'ai mis quelques secondes avant de revenir à la conversation.

— Depuis pas mal d'années, oui. Mais c'est

curieux… Il suffit de quelques jours et je sens tout de suite que je suis d'ici.

— Ce qui est curieux c'est de découvrir ça à ton âge, a suggéré Hervé.

— J'ai tout fait pour partir vivre autre chose. Et pendant ce temps je croyais vraiment que j'étais devenu parisien.

Hervé et Frédérique m'écoutaient attentivement. Faute d'être accueilli en « enfant glorieux du pays », je me sentais dédommagé par cette curiosité à mon endroit.

— Tu veux dire que tu serais tenté de garder la maison ? a demandé l'agent immobilier.

— Je n'ai pas la main, l'ai-je rassuré. L'idéal aurait été de me partager entre Paris et Villerville. Un truc typiquement de Parisiens, pour le coup !

Le couple a souri, semblant apprécier cette ironie lancée à l'encontre de mon espèce.

— Enfin, n'oublie pas Paris si vite, a conseillé Hervé. Pas si facile de rencontrer quelqu'un dans le coin.

Sa remarque m'a glacé.

— Tu n'as jamais pensé à te marier ?

Il fallait bien qu'on en vienne à affronter le sujet. J'ai vidé mon deuxième verre de Martini.

— Pas plus que je n'ai envie pour le moment de vivre à deux, me suis-je défendu d'un ton sec. Mais rassure-toi : ma vie n'est pas un désert.

Tout cela revenait quand même plus ou moins à se justifier. Comme d'habitude.

J'avais envie de partir.

Frédérique nous a enjoints de passer à table.

— Est-ce que tu pourrais nous faire le plaisir d'éteindre cette télé, Hervé ?

Frédérique a servi des feuilletés de pont-l'évêque accompagnés de mâche.

— Ça a l'air délicieux.

Hervé avait le regard rivé sur l'écran plasma pendu au mur.

— Il regarde les infos tous les soirs avec fébrilité, persuadé que Sarkozy va enfin se déclarer candidat, a commenté la jeune femme.

— Qu'est-ce qu'il fout, ce con ? Il n'y a plus de temps à perdre !

Mon ami d'enfance, élevé dans une famille on ne peut plus défavorisée, était donc devenu agent immobilier, propriétaire d'une maison en tout point admirable et électeur de Sarkozy. Un jour, je comprendrai dans quel pays je vis.

Hervé a coupé le son du téléviseur.

— Tu vas voter quoi, toi ?

J'ai tardé à répondre.

— Je vais me délecter à l'écoute de Mélenchon et je vais voter socialiste. On appelle ça « voter utile » par chez nous.

Hervé et Frédérique n'ont rien rétorqué, nez dans leur assiette.

— Tu aimes le pont-l'évêque, au moins ?

— Je suis d'ici, je te dis ! ai-je tenté de plaisanter.

— Bon appétit, a dit Hervé d'une voix un peu sinistre.

Et brusquement il m'a semblé qu'il faisait dix ans de plus que son âge.

— Je peux te poser une question ?

Il a froncé les sourcils. Le regard de Frédérique allait et venait entre son mari et moi.

— Raconte-moi pour Benoît.

Il a promené sa fourchette dans l'assiette.

— Tu voudrais savoir quoi ?

— Ce qui s'est passé.

— Je ne suis pas sûr de savoir moi-même.

— Le Benoît que j'ai connu ? a supposé Frédérique.

Hervé a acquiescé.

— On n'a rien vu venir.

Il a marqué un temps avant de reprendre, comme inventoriant les images et les hypothèses afférentes.

— Bon, je m'étais aperçu qu'il picolait. Certains soirs, je le suppliais de ne pas prendre sa moto. C'est surtout ça que je voyais, de plus en plus souvent : l'œil imbibé. Mais il y a cet autre putain de truc que je n'ai pas vu arriver. Je ne sais pas comment dire…

— Comme s'il nous regardait de loin, a continué Frédérique. Comme s'il n'était plus vraiment là.

— Il bossait ?

— En intérim. Il enchaînait. Il lui arrivait de ne pas pointer. Il s'est rapidement grillé. Et puis, il y a eu le mariage.

— Hervé était témoin, a précisé Frédérique.

— Qui est la fille ?

— Myriam Brunet.

— Ça ne me dit rien…

— Elle n'était pas dans notre classe.

Frédérique a commencé à empiler nos assiettes.

— Laisse, a dit Hervé. On a le temps, non ?

Elle s'est rassise.

— C'est fumeur chez vous ? ai-je demandé.

— On ne fume pas mais vas-y.

— Je vais te chercher un cendrier.

— Et donc tu disais ?

— Le mariage. Ils avaient organisé ça dans une salle des fêtes. Je ne sais plus où exactement.

— Angerville, a lancé Frédérique de la cuisine.

— C'est ça : Angerville. Le père s'était bien tenu. On avait pas mal appréhendé. Et puis, Benoît a pris la tangente au milieu de la soirée.

— Comment ça ?

— Disparu. On l'a attendu. Sans trop rien montrer. L'heure tournait. Toujours pas de Benoît. C'était avant la pièce montée. Là, les gens ont commencé à s'apercevoir. On s'est demandé quoi faire. Par petits groupes, tu vois. Discrètement. Pour ne pas inquiéter les parents plus que ça. Au bout d'un moment, on s'est dit qu'il fallait aller patrouiller. On est partis à quatre ou cinq. Chacun dans sa bagnole. On ne voulait pas prévenir les flics tout de suite. Le soir de son mariage, t'imagines ! On espérait le retrouver, lui gueuler dessus un bon coup, le ramener et finir la soirée à peu près correctement. Et, en même temps, je crois qu'on savait tous que ça se terminerait comme ça. On avait fait mine de craindre le père mais c'est le fils qui nous foutait les jetons.

— C'est Hervé qui l'a retrouvé, a dit Frédérique en réintégrant le séjour.

— Il marchait en lisière de forêt, sur le bord de la route. Il n'était même pas ivre. Je me suis arrêté à sa hauteur. J'ai baissé la vitre. J'étais prêt à me précipiter hors de la voiture pour le forcer à monter ou même le courser, tu vois. Mais j'ai juste eu à prononcer son prénom et il est monté. Il regardait droit devant lui. Il m'a dit : « Je n'y arriverai pas. » Je lui ai demandé : « Arriver à quoi ? » Il a répondu : « À tout. » Je ne savais pas ce que je devais faire. Demi-tour ? Attendre un peu, essayer de parler… Je lui ai demandé de m'expliquer. Il s'est effondré. Je l'ai ramené à la salle des fêtes. Il a tenu vaille que vaille. L'ambiance était atroce. Personne n'a rien compris. Le père était dans une rage pas possible. On a tenté de le calmer. Les invités sont partis très vite après. On aurait dit qu'ils faisaient gaffe à ne pas disparaître tous en même temps. Le DJ lançait des morceaux mais personne ne dansait. La salle se vidait. Et Myriam était assise à table, livide. Les gens venaient lui dire au revoir, très gênés. Elle leur répondait du bout des lèvres et elle regardait dans le vide, droit devant elle, avec exactement le même regard que Benoît dans la voiture. Comme si quelque chose était en train de se confirmer. Il a été interné une première fois après une crise de démence. Cellule d'isolement. L'injection bien lourde.

— Ils l'ont envoyé où ?

— Lisieux. Ça a dû durer trois, quatre ans comme ça.

— Comment ?

— Il sortait de l'hôpital, il reprenait un boulot, il se mettait minable ; avec son traitement, c'était juste la dernière chose à faire, alors il était interné de nouveau. Je suis moins allé le voir dans les derniers temps.

Hervé s'est interrompu.

— C'est dur de t'accrocher à quelqu'un quand il n'y a rien qui change, quand tout ce que tu dis passe à l'as, et que même ça empire. Je posais un tas de questions aux soignants, ils devaient me trouver emmerdant. « On fait ce qu'il faut, monsieur. » Alors c'est vrai que j'y suis moins allé sur la fin. Et puis, on a appris qu'il allait mieux. Il est rentré chez lui.

— C'est vrai qu'il avait l'air d'aller mieux, a certifié Frédérique qui voyait arriver la fin du récit et enfler le malaise de son mari.

— Un soir, il s'est pris une race. En rentrant, il a avalé tous les cachets qu'il a trouvés.

Hervé n'a plus rien dit pendant un moment.

— Après je ne sais pas ce que je peux te dire de plus. Le… pourquoi. Je reste juste avec ces mots qu'il a dits dans la voiture. Comme quoi il n'y arriverait pas. Moi, j'ai tout de suite pensé : il veut parler du mariage. Mais il a dit : tout. Tout, ça pouvait vouloir dire : après, mais avant aussi, tout l'avant.

Cette fois, Frédérique a pris sur elle de débarrasser.

Nous nous sommes levés à sa suite et nous avons rapatrié en silence les assiettes à la cuisine.

Je venais d'enfiler mon blouson, nous étions sur le pas de la porte. Hervé a dit :

— 380 000.

J'ai acquiescé machinalement, je n'y étais pas du tout, cette question de l'estimation que je n'avais même pas pensé à aborder pendant le dîner. Il a ajouté :

— La toiture... On est tout de suite en dessous de ce qu'on aurait pu espérer.

C'était un autre Hervé qui me parlait brusquement – le professionnel –, à commencer par ce « on », façon de s'associer à mon éventuelle déception, technique qu'il doit utiliser dès qu'il a besoin de ramollir l'atmosphère pour garder les rênes. J'ai répondu en mode automatique qu'il devait voir ça avec mes parents. Il m'a fixé en silence, comme découvrant que je n'étais peut-être pas l'allié qu'il avait imaginé ; deux personnes âgées à distance seraient sans doute moins faciles à manier. J'ai assuré que, quoi qu'il en soit, je serais là pour les premières visites, entérinant mon rôle dans cette affaire. Il m'a parlé d'un couple de Parisiens qui est sur place ces jours-ci. Une visite pourrait sans doute avoir lieu dès demain.

— Tu es sûr que tu n'as pas trop bu pour conduire ?

Bien sûr que j'avais trop bu. J'ai dit que tout allait bien et j'ai repris le chemin de Villerville.

18 octobre 2011

Trouvé ce matin un texto de mon éditeur : « Tu as pris la tangente ? Est-ce la meilleure idée ? Réfléchis : c'est la sortie mais aussi la vie de ton livre que tu sabotes. François. »

Message reconnaissant de mon père. Les deux Niçois semblent soulagés d'apprendre que j'occupe la « villa » pour quelque temps encore : « La Toussaint, c'est maintenant qu'on a une chance de vendre. » Ils doivent s'imaginer que je le fais pour eux. Ô le bon fils.

*

— Bonjour. Ça va bien ?

Seize heures. Hervé sur le pas de la porte, avec ses phrases toutes faites et ses inflexions de voix figées. Je lui ai serré la main et lui ai fait signe d'entrer. Il était suivi par une femme d'une cinquantaine d'années emmaillotée dans une étole chic. Elle m'a adressé un sourire rapide et a fait quelques pas précautionneux dans le séjour.

— Daniel ? Où est Daniel ?

Elle est retournée vers la porte d'entrée et a hélé son mari qui tournait dans le jardin, tête baissée, téléphone vissé sur l'oreille. L'homme a raccroché et a rappliqué d'un pas décidé. Il affichait un style sportswear d'homme d'affaires en week-end. Pénétrant dans le séjour, il m'a jeté un regard opaque, comme s'il venait de croiser quelqu'un qui se serait trouvé là par erreur.

J'ai laissé le maître de cérémonie leur faire faire le tour du propriétaire. J'entendais leurs pas au premier étage et spécialement les talons de la femme. Parfois le silence retombait, accompagné d'échanges sourds et inaudibles. Je détestais les savoir là-haut, posant leurs yeux impérieux sur tant d'années de vie qu'ils annihilaient de leur seule présence.

Lorsqu'ils sont redescendus, la femme disait :

— C'est quand même loin de Deauville.

— Mais plus au calme, a répliqué Hervé.

— Je ne sais pas si ma femme a jamais rêvé d'être au calme, a plaisanté le mari.

Il s'est tourné vers moi.

— Vous êtes de la famille ?

— Monsieur est l'un des fils du propriétaire, a commenté Hervé avec ce faux sourire qui lui allait aussi bien que son costume (toujours vert quelque chose).

— À première vue, on a l'impression d'une maison bien entretenue, a déclaré l'homme. Mais vous voyez, ça…

Il a passé sa main sur une cloque au mur.

— Maison front de mer, a dégainé Hervé. Un climat relativement humide, je vous l'accorde.

Il s'est tourné vers moi comme attendant que je brandisse un argument massue. Je ne me sentais pas du tout d'humeur coopérative.

— Et le bruit ? m'a interrogé la femme.

— Le bruit ? ai-je répété benoîtement.

— Ce n'est pas pénible le bruit de la mer en permanence ?

— Un peu moins que celui de l'autoroute, ai-je seulement dit.

Le couple m'a jaugé, les yeux un peu écarquillés, comme l'on s'étonnerait de quelque enfantillage.

— Trop cher en l'état, a décrété le mari.

— Et puis, si nous pouvions nous concentrer sur Deauville, a renchéri la femme.

— Vous m'aviez précisé : Deauville et ses environs, s'est légèrement plaint Hervé.

— Mais là, c'est ce que j'appelle : loin.

— Bien.

À court, l'agent immobilier a fait mine de replacer sa veste et il a désigné le chemin de la sortie.

— Merci, m'a-t-il dit sans la connivence à laquelle je me serais attendu. À très vite.

Je n'ai pas pris la peine de les raccompagner.

20 octobre 2011

J'ai retrouvé l'adresse sur le site des Pages jaunes : les parents de Benoît habitent toujours au bout de la rue de Banville. Une étroite maisonnette. Les volets de l'unique pièce du rez-de-chaussée sont toujours fermés. Les cinq mètres carrés derrière la petite grille donnant sur la porte d'entrée (assortie d'un rouge « Attention au chien ») ressemblent à un débarras en plein air : une brouette suspendue à la verticale y côtoie un sommier, des rondins de bois pourris par la pluie, des pots ébréchés qui n'ont pas dû abriter de racines depuis longtemps. Tout invite à passer son chemin, ce que j'ai d'ailleurs fait hier, ne sachant trop ce que je cherchais. Ni plus ni moins que ça peut-être, qui est arrivé ce matin : apercevoir sa mère, petite femme à la démarche prudente se dirigeant vers la supérette. Je l'ai suivie. Elle portait un imperméable d'un beige terni et une sorte de plastique sur la tête noué sous le menton. Je me suis débrouillé pour la devancer, de là à pouvoir lui ouvrir la porte du magasin. Elle m'a remercié vite fait, sans me regarder. Je l'ai observée faire ses courses, empiler dans son panier un monceau de pommes de terre, de pâte à tarte sous vide, d'œufs et d'un vin vendu dans des bouteilles carrées en plastique. J'ai fait la queue derrière elle. Elle a échangé quelques paroles avec la caissière puis a sorti son chéquier.

— C'est la machine qui remplit. Vous signez juste.

— Je sais bien, je sais bien.

Elle est repartie, ses deux gros sacs aux poignets. J'ai payé à mon tour et je l'ai rattrapée :

— Je peux vous aider ?

Elle a eu un léger sursaut, m'a observé quelques secondes puis a poussé un petit soupir de contentement :

— Alors ça, oui. Je veux bien.

J'ai saisi ses courses.

— Je suis tout près. Là, juste de l'autre côté de l'église.

— Rue de Banville ?

— C'est ça, un peu après le croisement.

Nous nous sommes mis en route.

— Et vous devez porter ça tous les jours ?

— Je fais attention. Je me suis cassé le col du fémur, il y a deux ans. Je n'en ai pas eu chagrin, je peux vous dire.

— Ils ne livrent pas à la supérette ?

— Livrer ? Non.

Je l'observais de côté, m'efforçant de marcher à sa hauteur.

— Vous pourriez envoyer votre mari dans ce cas-là.

Elle a émis un petit rire.

— Si je l'envoie, je peux toujours attendre le dîner !

Elle s'est immobilisée. Nous étions devant l'église.

— J'ai oublié mon *Télé 7 jours*…

— Je vais y aller, ai-je proposé.

— Je vous exploite, hein !

— Prenez de l'avance, je vous rejoins.

— Attends donc !

Elle s'est mise à chercher un euro dans son porte-monnaie. Elle m'a tendu la pièce.

— J'ai bien fait de te croiser, toi alors ! Comment tu t'appelles ?

Elle me fixait, lèvres entrouvertes, suspendue à ma réponse.

— David.

— Merci bien, David. Allez, je prends de l'avance, comme tu dis !

J'ai bifurqué rue du Maréchal-Foch et je suis allé lui acheter son programme télé.

Je ne savais que penser de la relative gaieté de cette femme. J'ignore quelles ressources de vie on peut mobiliser pour supporter une existence nécessiteuse, un mari infect et un fils suicidé.

Lorsque je l'ai rejointe rue de Banville, elle n'avait pas encore atteint sa maison.

— Tu es du coin ? Tu n'as pas l'air.
— Je suis né ici. Mais j'habite Paris maintenant.
Elle s'est un peu redressée vers moi.
— Tu as quel âge ?
— Trente-cinq.
Elle a pris un temps pour réfléchir.
— Alors tu as peut-être connu l'un de mes fils.
Je l'ai laissée continuer.
— Christophe Dehais ?
— Christophe Dehais... Non. Je ne crois pas.
— Attends voir... Quel âge il a, Christophe...
C'était le moment ou jamais. Mais de quel droit débarquer dans sa vie en la rappelant à ce qui avait dû constituer la pire chose qu'elle ait eu à endurer ?
Elle s'est arrêtée devant sa maison, a sorti un trousseau de clés et a dit :
— En tout cas, j'ai bien fait de tomber sur toi !
Elle a ouvert la porte. Je n'avais jamais eu l'occasion de venir chez Benoît, il n'y amenait personne. Je n'ai aperçu qu'une table en Formica jaune, de celles que les gens de ma génération aiment à arborer dans leur appartement parisien et qu'ils achètent à des prix déraisonnables.
Elle m'a pris les sacs des mains.
— Merci bien, mon petit.
— Votre programme télé !
— Ah oui.
Elle m'a adressé un petit signe de la main. Juste avant que la porte ne se referme, j'ai cru voir son sourire s'affaisser mais qu'est-ce que je peux savoir de tout ça ? Benoît m'avait abreuvé de

récits familiaux, je m'en étais emparé pour en faire un livre et à présent je ne savais pas le moins du monde de quoi était réellement faite la vie de cette femme. Ni celle de mon ami disparu.

II

22 octobre 2011

Accroupi sur le quai, je l'ai serrée dans mes bras tandis que Junon désignait avec insistance le tutu nacré que la petite arborait sous son duffle-coat.

— Que tu es belle, ma princesse !

Junon m'a gratifié d'un clignement des yeux satisfait.

— Le voyage s'est bien passé ?

— Mademoiselle a fait ses mondanités, tu la connais.

J'ai saisi le sac de voyage sur l'épaule de Junon.

— Allez, en route.

— Les bras !

— Non, Michelle. Tu marches. Donne la main à Aurèle.

La petite m'a saisi l'index.

— Vous avez dû faire sensation dans le wagon.

— Et encore, on a échappé au déguisement de Spiderman. Une heure de négociation.

Junon portait un manteau prune que je ne lui

connaissais pas. Je suis toujours vaguement étonné (moi qui *nous* connais depuis tant d'années) par cet effet du temps : Junon est passée directement de *jeune* à *élégante*. Elle est allée d'un chapitre à l'autre avec le plus grand naturel quand je me sens, de mon côté, figé dans mon sempiternel uniforme terne. Junon *fait* son âge, pour le meilleur, un âge lumineux ; quant à moi, il me semble traîner un alliage indécis : juvénile tout autant que cerné, je ne sais pas vraiment quel âge j'ai, et il n'est pas rare qu'on se trompe à ce sujet, me donnant tantôt trente ans, tantôt quarante.

— Tu repars à quelle heure ?

— Dix-huit heures onze.

— C'est quoi ce shooting à Lausanne ?

— Les répétitions de Krauss à Vidy.

— Il monte quoi ?

— *Platonov*.

— Tu as eu ça par Martin ?

Elle a acquiescé.

— Il va bien, Martin ? ai-je interrogé avec l'air de ne pas y toucher.

— Oui, oui.

— La dernière fois que tu m'en as parlé, tu le trouvais pénible…

Elle m'a adressé un regard agacé.

— C'était il y a six mois, Aurèle. Il arrive que les gens changent.

— L'homme idéal alors ?

— Tu cherches quoi, là ? Michelle, ne cours pas !

— Calme-toi. Elle ne court pas.

— Tu as un rehausseur dans la voiture ?
— J'ai tout ce qu'il faut.
Un étrange silence s'est installé.
Nous avons pris le chemin de Villerville.

*

— Voilà. C'est ta chambre, Michelle.
Junon a fait quelques pas circonspects dans la pièce.
— Ça fait bizarre, a-t-elle murmuré à mon intention.
Je n'ai pas répliqué.
— C'est ici qu'Aurèle dormait avant, a-t-elle repris avec un enthousiasme supposé réjouir sa fille. Tu vas être drôlement bien. Et regarde : on voit la mer !
Junon a hissé l'enfant devant la fenêtre.
— Tu as vu comme c'est beau ?
Michelle s'est retournée vers moi. Elle m'a dévisagé comme si elle me voyait pour la première fois.
— Et si jamais un soir tu as un tout petit peu peur, Aurèle est juste à côté, d'accord ?
— Enfin, je suis au-dessus, ai-je précisé.
— Mais tu peux descendre dormir à côté, non ? De toute façon, il n'y a pas de raison qu'elle ait peur.
Façon lapidaire de conjurer son appréhension : « peur » est l'un des premiers mots que Michelle a su prononcer. Depuis, elle a coutume d'inventorier

tout ce dont elle n'a *pas* peur précisément : « pas peur du manège », « pas peur de l'école », « pas peur » de tel personnage dans tel dessin animé. Aujourd'hui je priais pour qu'elle ne soit pas terrorisée à l'idée de rester dans cette maison inconnue avec moi. Le retour de sa mère à la gare serait une première étape.

Elle a foncé sur le sac de voyage.

— On va installer tes affaires.

Vêtements. Bottes. Pochette de DVD. Peluches et poupées. Figurines pour le bain. Et :

— Monsieur Lapin ! a triomphé la petite.

Je l'ai offert à Michelle le jour de sa naissance mais j'étais loin de me douter que ce foutu lapin serait non seulement adoubé mais propulsé au rang d'unique et indispensable objet transitionnel. Constatant son succès, Junon m'a demandé d'acheter le sosie au cas où l'original serait perdu. La doublure n'a jamais eu à servir, Monsieur Lapin faisant l'objet de toutes les attentions. D'un blanc immaculé, l'animal est passé à gris, il lui manque une oreille mais, tout amoché qu'il est, il reste et restera l'élu.

— Nous sommes bien d'accord : exceptionnellement, tu as le droit de l'emmener partout. Mais on ne fait pas ça à l'école en rentrant. O.K. ?

La petite a fait oui de la tête et elle s'est assise sur le lit tout en reniflant la vieille peluche.

— Je la trouve mélancolique, pas toi ?

— Junon : je ferai au mieux. Tout va aller bien.

— Mais je ne suis pas inquiète, a-t-elle balbutié

dans un sourire qui disait exactement le contraire. Tu t'es un peu habitué ?

— De quoi tu parles ?

Elle a désigné les murs d'un geste vague. J'ai haussé les épaules.

— Il y a déjà eu des visites ?

— Deux ou trois. Rien de concluant pour le moment.

Elle s'est appuyée contre le chambranle de la porte, les yeux dans le vide.

— On va faire un tour avant la gare ? a-t-elle proposé.

— Je pensais qu'on aurait pu s'éviter ça…

— Juste un tour sur la plage avec Michelle.

— Si tu y tiens.

— Tu t'accroches à ce genre de choses ?

— Toi-même, en passant le seuil de cette chambre, tu as admis avoir ressenti une impression bizarre.

— Je suppose qu'on ne laisse pas les mêmes choses aux mêmes endroits.

— Et dire que maintenant elle est là…

Junon m'a observé avec incompréhension. Puis elle a suivi mon regard. Jusqu'à Michelle.

*

La petite a laissé sa mère monter dans le train sans sourciller. Une fois installée dans le rehausseur, elle a commencé à pleurer et je n'ai réussi à la calmer qu'une heure plus tard au terme d'une patiente logorrhée. Le petit drame s'est prolongé en câlin et j'ai espéré que Junon attendrait d'être rentrée chez elle, et Michelle tout à fait remise, pour appeler et prendre des nouvelles.

J'avais acheté exactement ce qu'elle aime : saumon fumé, concombre et grenadine.

Il est vingt heures trente. Michelle a parlé à sa mère au téléphone. J'ai mis *La Traviata*, son disque fétiche. Elle dessine à côté de moi. J'ai sauté le bain, mais nous sommes convenus que les vacances sont aussi faites pour ça.

23 octobre 2011

Réveillé avec un mal de chien à l'épaule gauche : ces foutues calcifications qu'on refuse pour le moment de me soigner à coups d'infiltrations. Trop jeune, dit-on. Avalé un Voltarène.

Michelle a appelé sa mère d'une voix incertaine vers huit heures et demie. Je me suis précipité au premier étage, anxieux à l'idée qu'elle se demande où elle était. Je me suis annoncé, puis je lui ai rappelé en quelques mots qu'elle se trouvait à Villerville. Nous sommes descendus préparer le petit déjeuner tandis que j'inventoriais les châteaux de sable et les tours de manège qui nous attendaient aujourd'hui.

Nous sommes tombés sur Mado en arrivant place du Lavoir. Enveloppée dans son vison, elle s'est penchée vers Michelle avec un large sourire qui laissait apercevoir des traces de rouge à lèvres sur ses dents jaunies.

— Tu as de très jolies lunettes ! a-t-elle articulé.

J'ignore pourquoi tout le monde se croit obligé de faire remarquer à Michelle qu'elle porte des lunettes. Il serait tellement facile de lui dire qu'elle est belle.

La petite a levé des yeux perplexes vers Mado. Elle a enfoui le bas de son visage dans Monsieur Lapin.

— Qui est cette charmante poupée ?

— Michelle. Ma filleule.

Le Guerlain de Mado m'écœurait.

— Tout se passe bien à la maison, Aurélien ?

— La chaudière est capricieuse mais elle résiste.

— Tu peux toujours venir à la villa en cas de pépin.

Dieu m'en préserve.

Elle m'a fixé de ses yeux chassieux.

— Alors vous vendez…

Elle a dit ça avec un ton savamment culpabilisateur.

— À la place de tes parents, j'aurais commencé par faire des travaux.

— Pas si facile de savoir si on prend les bonnes décisions à distance.

— Ils ne m'ont pourtant parlé de rien, cet été ! a-t-elle dit plus vivement. C'est bien soudain !

— C'est pourtant dans l'air depuis un bon bout de temps.

Elle me regardait non plus comme quelqu'un qu'on a démasqué mais comme un vague traître.

— C'est ton frère qui les a persuadés de ça ?

J'ai fait non de la tête.

— On ne les voyait plus beaucoup, mais quand même. Quel gâchis.

— Ils sont très bien à Nice, vous savez.

— Enfin, tous ces sacrifices…

— On va vous laisser, Mado. Michelle et moi, nous avons un emploi du temps très chargé. Pas vrai ?

La petite a souri, manifestement heureuse de recevoir un signe de connivence face à cette femme qui ressemblait étrangement aux marâtres qui la font frémir dans ses dessins animés préférés.

— Profitez bien, a-t-elle conclu d'une voix peu amène. Si le temps vous le permet. Moi, je file chez le toubib.

— Un dimanche ?

— Chacun ses petits passe-droits.

Failli lancer : « Rien de grave au moins ? » Bonne éducation oblige. Et puis, non. Rien dit. Puisque je m'en foutais. Je l'ai regardée s'éloigner vers le cabinet du généraliste en boitillant.

*

J'ai cédé bien sûr. Pourquoi se contenter de trois tours de manège ? J'ai acheté cinq tickets à la femme derrière la vitre. Michelle a laissé passer deux tours, incapable de choisir la navette ou le camion où elle désirait s'installer. Finalement, elle a opté pour un avion qui offrait l'avantage de s'élever mais également de la gratifier d'un compagnon auquel elle a aussitôt adressé un monologue sans doute passionnant.

J'ai pris place sur l'une des chaises en plastique qui encerclent le manège. Certains parents tournaient presque à la même vitesse que leurs enfants, sous prétexte de leur faire signe, répétant leur prénom en boucle, bien décidés en somme à ne pas faire oublier leur présence. À côté de moi, un couple d'une trentaine d'années se passait et se repassait leur benjamin d'environ six mois, lequel ne cessait de manifester un obscur malaise, tantôt par des gémissements ininterrompus, tantôt par de franches crises de larmes. À voir la hargne avec laquelle l'enfant mordillait le téléphone portable que son père lui avait fourré dans la bouche, il n'était pas très difficile d'imaginer qu'il souffrait d'une poussée de dent. Dépassés par le désarroi criard de leur progéniture, le père et la mère essayaient tout, stationnant le pantin agité en position debout, couché, assis, « tu te tais », « ça suffit maintenant », « t'es chiant », le tout intimé avec une inflexibilité chuchotée qui glaçait un peu le sang.

Michelle, quant à elle, poursuivait son entreprise de séduction entre ciel et terre, riant aux éclats du haut de sa nacelle. Cette simple vision m'a bouleversé. La petite s'amusait, très objectivement, mais une cloche de tristesse venait de me tomber dessus ; comme lorsque j'ai croisé cette adolescente sur la plage, il y a quelques jours, avec l'impression incongrue de croiser Michelle, éplorée par quelque chagrin obscur, dans quelques années… Plus curieuse encore était cet accès de tristesse face au bonheur de ma supposée filleule aujourd'hui.

Mais, à bien y réfléchir, comment la contemplation de l'enfance pure ne nous serait-elle pas insupportable à certains moments ? C'est à s'en donner l'air niaiseux (celui-là même que j'ai diagnostiqué sur la gueule de tant de parents) : lire, en filigrane du bonheur juvénile, la perspective de ce que l'on nomme couramment « la perte de l'innocence » (ce qui ne veut rien dire, même s'il y a un fond d'intuition dans la formule) ; disons plutôt : la dégradation d'une possibilité de vie et de joie. Oui, voilà ce qui m'apparaissait : l'idée que la possibilité de vie et de joie de Michelle puisse aller en se dégradant, et combien tout sera tellement moins facile plus tard, dépourvu de cet allant sans réserve qui jaillit pour le moment comme une force naturelle. Bien sûr il y aura quelques merveilles mais le bonheur ne sera que conquis, intermittent, fastidieux : ce sera un curieux labeur. J'observais Michelle au-dessus de ma tête et je me disais : il restera bien quelque chose de tout ça mais dilué, affadi, tout juste rattrapé par l'effort d'une vie intérieure.

Des bras autoritaires ont fini par arracher à Michelle son compagnon de route (m'arrachant moi-même à cette curieuse tristesse dont je n'avais pas tellement envie de me faire le passeur). La petite m'a regardé sans comprendre. J'ai levé la paume des mains au ciel.

Elle n'a pas attrapé le pompon. Une bonne raison de revenir demain, ai-je conclu en l'extrayant de son supersonique.

24 octobre 2011

Reçu par mail les articles parus à propos de mon livre ce mois-ci. Et dire que tout cela se fait sans moi. Et que je n'en conçois aucun regret. Je ne me reconnais pas.

Ce matin, j'ai proposé *L'âge de glace 3* à Michelle mais elle m'a opposé la captation navrante d'un spectacle pour enfants dont les chansons mièvres m'obsèdent sans relâche. Tentant de parodier pendant le déjeuner la voix de crécelle de l'interprète principale, j'ai essuyé des yeux noirs. Message bien reçu.

Passage rituel sur la plage cet après-midi. Michelle est tombée en pâmoison devant un adolescent qui pilotait un cerf-volant rayé jaune et vert. Un roquet à poils courts est venu faire ses civilités à la petite puis s'est mis à poursuivre en aboyant l'ombre du planeur sur le sable. Lorsque le cerf-volant a piqué du nez pour venir se planter à quelques centimètres de lui, le chien a eu un sursaut humilié et il est allé voir ailleurs, plus du tout disposé à poursuivre son imprévisible attaquant.

À seize heures, j'ai été contraint d'expliquer à Michelle que nous devions quitter la plage; Hervé avait organisé une sorte de «journée portes ouvertes» à la maison. «Façon de leur mettre la pression», avait-il spécifié au téléphone. «Ils se décident plus vite quand ils prennent conscience qu'ils ne sont pas les seuls sur le coup.» Soit.

Lorsque je suis arrivé, il attendait dans le jardin, accompagné d'un couple de sexagénaires et d'un homme se tenant un peu à l'écart, étonnamment jeune pour envisager pareil achat. Hervé a interrompu l'échange informel et n'a pas pu s'empêcher de dévisager Michelle. Je me suis fendu d'un bref salut et j'ai ouvert la maison.

— C'est qui, les gens? a demandé Michelle.

— Ils viennent visiter la maison.

— Pourquoi?

— Pour l'acheter peut-être.

— Pourquoi?

Les candidats stationnaient non loin de la porte d'entrée et Hervé n'osait pas entamer son laïus.

— Faites comme si nous n'étions pas là, ai-je souri tout en retirant l'écharpe et le manteau de Michelle.

— Le séjour, a commencé Hervé. Spacieux et lumineux, comme vous pouvez le constater.

— Il dit quoi ? a demandé la petite à voix basse.

— Il décrit la maison. Viens prendre ton goûter.

Elle est restée en arrêt devant les visiteurs qui écoutaient Hervé avec la concentration de touristes face à leur guide. Je l'ai emmenée par la main dans la cuisine. Le ballet des pas dans l'escalier a commencé. On n'a pas tardé à sonner. Un homme et une femme attendaient derrière la porte vitrée, elle tenant un nourrisson dans ses bras. Hervé a dévalé les marches et m'a devancé pour aller les accueillir. Il les a fait entrer avec son immuable sourire.

— Le séjour. Spacieux et lumineux, comme vous pouvez le constater.

Je suis retourné voir Michelle qui terminait à deux mains sa tartine de Nutella, les yeux dans le vide, une jambe balançant avec la régularité d'un métronome.

— Je voudrais une frange là.

— Qu'est-ce que tu racontes, toi ?

— Je voudrais une frange là !

— Mais tu as vu ça où, une frange ?

Elle m'a scruté, ne semblant plus se rappeler où elle avait trouvé son modèle.

— J'en parlerai à ta maman au téléphone. Et si elle est d'accord, je t'emmènerai chez le coiffeur.

Je lui ai essuyé la bouche. La maison résonnait d'un brouhaha curieux, dominé par la voix d'Hervé tout à son article.

— Tu veux dessiner ou voir un film ?

— Dessiner.

La femme arrivée en dernier allaitait sur le canapé. J'ai installé Michelle dans la véranda.

— Je me suis permis, a dit la femme un peu gênée.

— Vous avez bien fait.

Elle a changé de sein, retournant l'enfant avec dextérité, lequel a avancé une main crispée dans le vide avant de trouver le mamelon.

J'ai étalé les feutres et les crayons de couleur devant Michelle et lui ai ouvert son cahier de coloriage.

— C'est une maison de famille ? a demandé la femme.

Elle se tenait un peu penchée en avant, le regard rivé sur l'enfant.

— La maison où j'ai grandi, oui.

Elle a fait un petit mouvement de la tête pour rejeter en arrière quelques mèches rousses.

— Je connais ça. J'ai dû vendre la mienne à la mort de mes parents, a-t-elle poursuivi.

— C'était où ?

— Dans le Gers. J'ai mis un an avant de me décider. Finalement, je me suis dit que c'était trop loin de Paris.

— D'où la Normandie ? ai-je souri.

— Mon compagnon est du coin. Rouen.

Elle a jeté un regard bienveillant vers Michelle qui coloriait, nez collé au cahier.

— Chérie, redresse-toi un peu. Il ne faut pas être si près.

D'une main sur l'épaule, je l'ai incitée à prendre un peu de recul.

— C'est un garçon ou une fille ? ai-je interrogé.

— Une fille. Adèle.

— Joli.

— Au début, je trouvais ça délicieusement suranné et puis je me suis aperçue que c'était très à la mode !

Je me suis assis en face d'elle.

— Ça ne vous dérange pas que je…

— Vous êtes chez vous ! Non, l'ennui, c'est que je loupe la visite… Fabien me racontera.

— Je ne bouge pas d'ici. Vous pouvez très bien monter voir quand Adèle aura terminé.

— C'est gentil.

Hervé est réapparu dans la cage d'escalier avec un couple au port arrogant que je n'avais pas vu débarquer, suivi des sexagénaires qui l'ont salué discrètement et se sont éclipsés sans plus de commentaires. Le jeune homme avait disparu.

— Je vais pouvoir vous faire une offre assez vite, a annoncé le blanc-bec avec détermination.

Hervé a contemplé, un peu décontenancé, le tableau qui s'offrait à lui : une femme allaitant dans le canapé, une enfant sortie de nulle part dessinant à la table et le fils du propriétaire à l'air sans doute un peu perdu.

— Vous me suivez ?

Hervé a précédé le couple dans le jardin.

— C'est étrange, n'est-ce pas ? a repris la femme.

Je lui ai adressé un sourire vide.

— Étrange ?

— Tous ces inconnus qui déambulent chez vous en se demandant s'ils pourraient se sentir chez eux… Et qui vous calculent une fois sur deux !

— On voit que vous êtes passée par là.

— Plus je voyais défiler les acheteurs potentiels, moins j'avais envie de vendre.

— En fait, je suis un peu là pour rendre service. Mes parents ont pris leur retraite à Nice et ils ont décidé de se séparer de la maison.

Elle a acquiescé avec une sorte de compassion prudente.

— Et finalement vous avez bel et bien vendu ? ai-je relancé.

— Je ne regrette pas. Il y avait trop de fantômes là-dedans…

— Et dire que vous allez peut-être acheter les miens !

— Des fantômes ? a interrogé Michelle, sourcils froncés.

— C'est une expression, chérie, l'ai-je rassuré.

— Fabien ? a lancé la femme en fixant le plafond.

— J'arrive, j'arrive !

Les pas de son compagnon se sont fait entendre dans la cage d'escalier et Hervé est réapparu dans le séjour à la façon d'un maître d'hôtel harassé.

— Elle a fini ? a chuchoté ledit Fabien penché sur l'enfant.

La femme a approuvé.

— Je la prends. Va faire un tour là-haut.

— Tout se passe bien ? ai-je demandé à Hervé.

Il m'a fait signe de le suivre à la cuisine.

— J'ai une offre au prix.

— Les deux trentenaires, là ?

Il a acquiescé. Il paraissait un peu essoufflé.

— Tu veux un verre d'eau ?

Il a fait non d'un geste de la main.

— Ma tension, a-t-il expliqué.

— Tu as des problèmes de tension ?

— Je prends les choses trop à cœur.

J'ai lâché un rire amical.

— Il ne faut pas te mettre dans un état pareil.

— Je te montre le dossier ? a-t-il proposé comme s'évertuant à penser à autre chose.

— On peut regarder ça à tête reposée, non ?

— On n'en trouvera pas deux comme ça : 100 % en apport personnel.

— Mais attendons quand même que l'autre couple ait visité, ai-je insisté.

— Je ne les sens pas.

— Qu'est-ce que tu ne sens pas ?

— Une intuition, a-t-il marmonné avec un air buté.

— Ils viennent de vendre une maison. Il y a toutes les chances pour que leur dossier soit béton.

— Si tu le dis.

Il a repris la direction du séjour avec un air renfrogné.

— Hervé !

Il s'est retourné de trois quarts.

— Pardon mais… j’ai vécu dix-huit ans ici. Je n’ai pas envie de vendre à n’importe qui.

— C’est comme ça qu’on fait des conneries.

Et il s’est éloigné dans le couloir.

25 octobre 2011

Perros note dans ses *Papiers collés* : « Il est étrange et douloureux de penser que, si l'on se résigne à ne plus manifester le peu de charme qu'on a pour les autres, ce charme s'étiole, se venge curieusement, comme si tout à coup il s'apercevait qu'il joue devant une salle vide, sur une scène sans issue. »

Ici, renoncer au charme ou le laisser s'affaisser me semblent à certains moments une expérience du temps naturelle, peut-être inéluctable. Heureusement Michelle est là. Et je veux lui plaire.

Elle se tenait au milieu de la pièce, dans l'obscurité. Il devait être quinze heures trente.

— Qu'est-ce que tu fais là ?

— Je veux pas dormir, a-t-elle murmuré.

— Tu aurais dû m'appeler. Ce n'est pas grave de sauter une sieste.

— C'est qui qui dort là ?

J'ai allumé l'une des lampes de chevet. Elle dessinait un faible halo sur le tissu molletonné du mur. J'ai trouvé cette lueur glauque. J'ai ouvert les volets.

— C'est la chambre de mes parents.

— Ils sont où, tes parents ?

— Ils n'habitent plus ici.

— Ils sont morts ?

— Non, ils vont très bien. Mais ils sont partis très loin.

— Très loin, comme les gens qui sont morts ?

— Pas tout à fait, Michelle.

J'ai balayé la pièce du regard. Michelle m'observait, comme cherchant à déchiffrer à travers moi cette insondable notion du « très loin ».

— Dans le tiroir de la table de chevet, je crois qu'il y a plein d'objets bizarres. On regarde ?

— Non, j'ai peur !

— Parce que j'ai dit « objets bizarres » ? C'est une façon de parler. On va jouer à un jeu. Tu t'assois sur le lit et chaque fois que je sors un objet tu dois dire ce que c'est. D'accord ?

Elle a acquiescé avec une relative appréhension.

— Monsieur Lapin a le droit de souffler naturellement. Prête ?

— Oui…

J'ai contemplé l'intérieur du fourre-tout.

— C'est un crayon, s'est exclamée Michelle.

— Quasi. Un stylo à plume. C'est avec ça qu'on écrivait avant. Et ça ?

— Je sais pas…

— C'est un masque qu'on met sur les yeux pour bien dormir. Et ça ?

— Une montre !

De la marque Jean d'Artan. L'un des rares objets que papa a récupéré de son père. Pour mes dix-huit ans, il me l'a offerte. Lourde et froide, elle m'a toujours paru beaucoup trop chic pour moi. Une « montre d'homme ». Je me suis forcé à la porter pendant un an ou deux, sachant papa attentif à ce détail. Et puis, j'ai fini par la glisser dans ce tiroir, comme abandonnant un bien qui ne m'aurait jamais vraiment appartenu ou qui aurait transité par mon poignet dans l'attente de trouver un propriétaire vraiment digne de ce nom (digne de la lignée ?).

— Et ça ?

— Une clé ! Deux ! Trois !

— Quant à savoir ce qu'elles ouvrent… Et ça, tu sais ?

— Non…

— C'est une petite lampe pour lire la nuit. Tu appuies là, et hop, ça s'éclaire.

— Tu me le donnes ?

— Tu veux ? Tiens.

Acquise au jeu, la petite s'était rapprochée de moi, tête penchée au-dessus du tiroir.

— C'est quoi ça ?

— Cinq billets de 1 dollar. C'est de l'argent américain.

Papa et maman ont toujours eu le goût des voyages mais, passé un certain âge, Cyrille et moi avons commencé à refuser de les suivre, mon frère prétendant avec son air de gauchiste fiérot que le tourisme de masse était un truc de nouveaux riches (et moi, opinant dans son sillage). « Mais puisque nous vous le payons ! » s'entêtait à répéter notre père meurtri de ne pouvoir faire profiter ces deux fils de l'argent qu'il avait dignement gagné. Penauds, nos parents ont donc séjourné en Guadeloupe ou encore à Saint-Martin sans leur progéniture. C'est aussi à cette époque que Cyrille a haussé le ton, leur faisant promettre de ne jamais mettre les pieds dans un club à Cuba (projet évoqué une fois devant nous, pas deux).

— Et ça ? Tu ne sais pas, hein ? C'est une croix avec le petit Jésus.

— C'est quoi le petit Jésus ?

— Je t'expliquerai. Ce n'est pas urgent. Des allumettes. Un tournevis de poche.

— Non, c'est moi qui dis !

— O.K., pardon.

— Ça, c'est… Je sais pas.

— Des boutons de manchettes. Et…

Je me suis interrompu. Mes yeux venaient de se poser sur une pile de livres calée contre la plinthe sous la table de chevet. Je les ai fait glisser vers moi. Mes livres. Mes six romans. Dédicacés à mes parents.

— On continue ? a demandé la petite.

— Attends, Michelle.

Ainsi donc ils n'avaient pas jugé utile de les emporter avec eux à Nice… Ni d'ailleurs de les faire figurer sur l'étagère de la véranda avec les éditions de cuir. Ça m'a fait mal. Cette foutue question de la reconnaissance que mon frère prétend mépriser, comme si on pouvait (ou devait) s'en passer (je n'ai jamais cru à cette pureté inutile).

— C'est quoi ?

— Ce sont les livres que j'ai écrits.

— Tu me les lis ?

J'ai souri à Michelle.

— Ce serait bien trop long, chérie.

Ils étaient tous là, augmentés d'un septième : mon premier roman en double, l'exemplaire dédicacé à l'intention de Cyrille qu'il avait dû abandonner ici après l'avoir lu.

Je me souviens très bien : lorsqu'il a découvert que je m'apprêtais à publier un roman, mon frère est tombé des nues et a demandé à lire sur épreuves, comme une mère découvre que son fils lui a fait un enfant dans le dos. J'ai obéi aux ordres de mon (ancien) mentor, fébrile et impatient. « Trop vert », ce galop d'essai, « pas abouti », voilà ce qu'il m'expliquerait à la veille de la publication, vexé et très étonné de ne pas avoir été consulté. Il ne se gênerait pas pour faire part de sa perplexité à nos parents, ce qui explique (en partie du moins) qu'on ne commenta guère mon œuvre de jeunesse à la maison. Quant au premier documentaire de Cyrille, il fut diffusé sur les écrans un an après la sortie de ce premier roman, inversion regrettable du cours attendu des choses qui lui inspira une aigreur évidente et que je paierais d'une façon ou d'une autre à chaque nouvelle publication au gré de commentaires plus ou moins acerbes et désagréables.

J'ai replacé les livres contre la plinthe. Refermé le tiroir de la table de chevet.

Besoin d'aller prendre l'air. Dégager de là.

— Tu veux toujours une frange ? ai-je demandé à Michelle qui jouait avec la liseuse de poche.

Son visage s'est illuminé.

27 octobre 2011

C'était en fin d'après-midi à Trouville après le manège. Les commandes étaient à effectuer au bar.

— Tu as envie de boire quoi ?

— Du Danao !

— Il n'y en a pas ici, Michelle. Un jus d'orange plutôt ?

Elle a fait non de la tête puis une petite moue, comme pour me convaincre que j'étais capable d'un miracle.

— Je ne peux pas te payer de Danao, chérie. Il faut que tu choisisses dans ce qu'il y a…

Le serveur derrière le comptoir patientait. Je me suis tourné vers la jeune femme qui attendait derrière nous :

— Allez-y. Le temps qu'on se décide…

Elle a nous a adressé un sourire, puis elle a commandé un café. Tandis que le serveur le lui préparait, elle nous a observés. Le tableau semblait lui plaire. J'ignore ce à quoi ça la renvoyait. Rien de plus que ça peut-être : un père et sa fille. De toute façon, j'ai souvent remarqué que le regard des gens n'est pas du tout le même quand j'ai Michelle dans les bras (ou un bouquet de fleurs). Sûrement un type bien, semblent-ils penser. Ce qui est absurde.

Je me suis mis à l'observer moi aussi. Elle devait avoir mon âge. Cheveux châtains relevés en un vague chignon. Peau assez pâle qu'elle avait rehaussée d'un ambre discret sur les pommettes. Deux fossettes soulignées. Et une voix grave, légèrement voilée.

— Je vais vous prendre un café, ai-je repris à l'intention du serveur. Et…

Je me suis tourné une ultime fois vers la petite.

— Un chocolat !

— Tu es sûre ? Une fois sur deux, ça te donne mal au ventre…

— Oui !

— Bon, un *petit* chocolat, ai-je indiqué.

J'ai déposé Michelle à terre.

— Allez, tu marches. Moi, je prends les boissons.

Nous avons pris place près des vitres qui donnent sur les planches et la plage.

Je lui ai tendu un sachet de sucre.

— Stop, stop ! Tu en mets trop !

Elle a suspendu son geste et a abandonné le sachet qui a répandu quelques grains autour de la tasse.

— Je vais t'aider à boire. Il ne faut pas renverser.

Michelle a avancé les lèvres avec précaution. J'ai toujours été frappé de constater à quel point cette petite est prudente en toutes choses. Junon n'est jamais obligée de lui dire deux fois de prendre garde aux dangers qui l'entourent, par exemple. Elle assimile tout du premier coup. J'aimerais parfois la voir plus déraisonnable.

— Ce n'est pas trop chaud ?

Elle a fait non de la tête.

— Je peux vous déranger une seconde ?

C'était la fille, à la table d'à côté.

— Je vous en prie…

— Je crois que je vous ai vu en photo dans une librairie de Deauville. C'est possible ?

Je suis resté sans réaction.

— Pardon, c'est un peu abrupt !

— Non, ai-je bredouillé. Il y a pire comme agression.

— Vous n'êtes pas écrivain ?

— Si, si.

— Votre nom, c'est… ?

— Delamare. Aurélien Delamare.

— C'est ça. J'ai lu un livre de vous, il y a quelques années.

— Et je viens d'en sortir un. D'où l'affiche.

— Comment ça s'appelait…

La fille est restée le nez en l'air.

— C'était l'histoire d'un adolescent. Ça se passait dans le coin, me semble-t-il.

Sa voix était décidément à tomber.

— *Un provincial.*

— Voilà ! J'avais beaucoup aimé. C'était… âpre. Dans mon souvenir, du moins.

J'ai esquissé un sourire bête. La vérité, c'est que je n'ai jamais su tirer parti du relatif pouvoir que pourraient me conférer mes livres.

— Vous travaillez dans l'édition ? ai-je demandé.

— Non.

— Journaliste ?

Elle a eu un rire franc.

— Deux fois non ! Simple lectrice.

— J'ai donc des lecteurs… C'est une bonne nouvelle.

— Oui, tout de même !

— Parfois, on en doute. Et quand on s'aperçoit qu'ils existent, on ne sait pas trop comment leur parler…

Pas convaincu par mon sens de la repartie, j'ai fait boire une gorgée de chocolat à Michelle.

— Elle est vraiment adorable, a commenté la fille.

Je me suis senti très fier, d'une illégitime mais irrépressible fierté.

— Ces yeux qu'elle a… Michelle, c'est ça ?

J'ai acquiescé.

— Ce n'est pas votre fille, je me trompe ?

Un petit sourire de dépit m'a échappé.

— Ça se voit tant que ça ?

— Oh non, je ne dirais pas les choses comme ça… Je ne sais pas comment je dirais d'ailleurs.

— Une intuition alors.

— Peut-être.

Elle a semblé un peu embarrassée. Et moi : sans

plus de place pour une quelconque fierté usurpée. Ainsi donc, notre histoire, à Michelle et à moi, n'était pas décelable à l'œil nu ? Sur le coup, cette évidence m'a blessé. « Je suis très important pour elle et elle est très importante pour moi » : voilà ce que j'aurais souhaité qu'on voie tout de suite. Et qu'on n'entende surtout pas cette interrogation qui enfle depuis sa naissance : qui peut m'assurer que, dans vingt ans, elle se rappellera quoi que ce soit de nous ? Il me faut la regarder, l'embrasser, la veiller, la divertir *pour elle* et *pour le moment*, sans espoir de retour, sans pouvoir être sûr d'un amour à venir. Quelle curieuse histoire : aimer gratuitement.

— Pardon, j'avais dit que je ne vous dérangerais qu'une seconde, a repris la fille.

— C'est un plaisir.

Je n'avais décidément que des civilités pathétiques à la bouche.

— C'est quoi le titre de votre nouveau roman ?

— *Sagrada Familia.*

— Eh bien, je vais aller l'acheter.

— C'est gentil mais vous n'êtes pas obligée. Enfin... Je vous dis ça parce que je crois que je ne l'aime pas.

— Vous n'aimez pas quoi ?

— Ce livre.

Ma remarque l'a laissée muette. Je lui ai adressé un sourire nerveux.

— J'aurais très bien pu ne pas l'écrire. Vous voyez ?

— Peut-être que vos lecteurs ne sont pas du même avis.

— Dans ce cas, tant mieux. Mais moi, je sais que c'est un livre inutile.

J'ignorais ce qui m'avait brusquement conduit à ce constat, ni à le formuler devant une inconnue. Mais c'était comme une évidence et j'étais presque soulagé de me l'avouer enfin. Ma sympathie pour cette fille n'en était que décuplée.

Tandis qu'elle paraissait méditer le tour improbable que prenait la conversation, je me suis aperçu que Michelle était livide.

— Michelle ? Michelle, ça va ?

— J'ai mal ! a gémi la petite.

— J'en étais sûr.

Je me suis levé avec précipitation et je lui ai enfilé son blouson et son écharpe.

— La petite ne se sent pas bien.

— Ça va aller ?

— Oui, merci. Désolé de… Enfin, désolé.

J'ai pris Michelle dans mes bras et j'ai quitté le bar en toute hâte.

— On va attendre un peu avant de prendre la voiture, ai-je soufflé.

Nous avons fait quelques pas. Michelle a vomi sur le parking. J'ai quémandé un mouchoir en papier à la première personne qui passait.

Nous sommes restés un moment sur le sable, la petite lovée dans mes bras. Je me suis surpris à lancer des regards furtifs vers le bar, ne sachant plus si j'étais troublé par l'aveu que je venais de faire à cette inconnue ou par l'inconnue elle-même.

28 octobre 2011

Mail d'Alban (mon plus vieil ami) qui s'inquiète de ne pas avoir de nouvelles. Autre signe de Philippe, écrivain de ma génération, Toulousain que je vois rarement mais avec qui j'entretiens une correspondance régulière. Que leur répondre ? Que je me sens mal ici mais que je reste. Que je ne sais plus quoi penser de la vente de cette maison. Que Michelle m'est un divertissement précieux. Que je bois beaucoup trop. Quelque chose d'un peu laconique. Non, je ne leur écrirai pas ça. À tort ou à raison, j'ai tendance à penser que la mélancolie n'est plus si charmante passé un certain âge (elle qui devient pourtant ma compagne attitrée). Comme si c'était là un mythe de la jeunesse. Une fois disparu ce qu'il restait de juvénile en nous, il faut un peu de décence, de tenue. Ne pas traîner avec soi la plainte qu'on ne retrouvera, comme le disait si bien Deleuze, qu'avec la vieillesse. Oui, vient un moment où l'on doit s'efforcer de garder sa mélancolie pour soi. On s'autorise à l'écrire dans les livres. Mais c'est un sourire pudique qu'on arbore. Pour ne faire subir à personne cette haleine déjà un peu alourdie par le temps.

Pas de visite depuis trois jours. Je ne serais pas étonné qu'Hervé me batte froid. Je laisse filer.

Pas le courage de tenir mes parents au courant. Mon frère, n'en parlons pas. Je me ferai rappeler à l'ordre tôt ou tard.

Gagner du temps.

Sur quoi ?

Pourquoi ?

Repensé plusieurs fois à la fille du bar de Trouville.

De : Aurélien Delamare [mailto : contact@aureliendelamare.com]
Envoyé : samedi 29 octobre 2011 23:49
À : François Guilbert
Objet :

François,
Bien reçu ton texto. Oui, j'ai pris la tangente. Et la vérité, c'est que je n'ai pas envie de défendre ce livre. Ce n'est pas chose aisée à admettre : je t'en veux. À présent que je vois clair. Je t'en veux de ne pas m'avoir dit que ce livre méritait de rester au fond d'un tiroir. Tu sais que j'ai raison. Mais tu ne m'as rien dit. Tu l'as publié quand même. Faut-il que tu aies peur de perdre un auteur qui commence à vendre ?! Ou as-tu craint que je ne sois pas capable d'entendre ? Je ne peux que t'en vouloir de ça pour le moment. Et te dire que je ne reprendrai pas la promotion de ce livre que tu n'aimes pas plus que moi.
Bien à toi.
Aurélien

30 octobre 2011

Aujourd'hui, j'ai trente-six ans.

Après le silence entretenu des dernières semaines : reçu une flopée d'aimables messages par texto, mail et sur Facebook. Quelques dizaines de gens, plus ou moins intimes, qui me demandent brusquement ce que je deviens, qui me souhaitent le « meilleur » et un « beau livre » à venir. Cette avalanche d'attentions est forcément troublante vue d'ici.

C'est une journée que j'ai toujours souhaité voir passer au plus vite, elle et tout ce qu'elle charrie de contradictoire et de tordu : ne recevrais-je aucun signe que j'en serais malheureux ; dans le même temps je suis toujours embarrassé qu'on « me fête ». D'être à Villerville adoucit les choses. Je ne voudrais voir personne et ne verrai personne, ce qui tombe bien. Juste parcourir ces agréables et sommaires missives qui me parviennent comme des pensées. Oui, une année de plus ne devrait jamais être saluée que par une simple *pensée*. « Tu as trente-six ans : je pense à toi. » Point.

Sauf exception. Telle Junon qui a téléphoné à midi. Elle a demandé à parler à sa fille. Michelle a écouté sa mère, très concentrée. Puis je l'ai vue faire quelques pas vers moi, téléguidée, et dire à haute et distincte voix : « Bon anniversaire, Aurèle ! »

Mes parents aussi ont appelé. Pas décroché. Rien de mon frère. Compris ce qu'il y avait à comprendre.

Michelle m'a aidé à faire le gâteau au chocolat en fin de journée. Nous avons tous deux soufflé les bougies en chantonnant. C'était réjouissant.

Une fois qu'elle a été couchée, je me suis ouvert une bouteille de menetou-salon que j'ai vidée en moins d'une heure, savourant cette anesthésie si particulière : l'ivresse dont on attend qu'elle bâillonne toute émotion susceptible de contrevenir à une bienheureuse (quoique temporaire) indifférence aux choses (on sait à quoi le plus souvent)…

31 octobre 2011

J'y suis retourné plusieurs fois, espérant la croiser. Aujourd'hui, elle était là, à la même place, contemplant la plage figée sous une chape de brume matinale. J'ai commencé par faire comme si je ne l'avais pas vue et je nous ai commandé un allongé et un jus d'orange.

— Tu viens, Michelle ?

Je me suis tourné de trois quarts. Elle m'avait repéré et me fixait en souriant. Je me suis approché. J'ai posé le café et le jus d'orange sur la table voisine. C'est elle qui a parlé la première.

— Bonjour, Michelle.

— Bonjour, a répondu la fillette.

Je l'ai installée et j'ai commencé à sortir les figurines de son petit sac à dos.

— Elle va mieux ?

— Ce n'était rien. C'est quoi votre prénom ?

— Irène.

— Bonjour, Irène.

— Vous aviez l'air si paniqué brusquement.

— Quand on vous confie un enfant…

— Je comprends. Je n'étais pas loin d'être dans le même état quand j'ai eu ma fille. Oh, j'étais même pire.

— Vous avez une fille ?

— Une fille de douze ans. Je voulais la protéger de tout. Et puis quand je me suis aperçue qu'elle était malade à longueur de journée, j'ai lâché prise.

Elle s'est interrompue.

— J'ai failli lâcher tout court.

— Qu'est-ce que vous voulez dire ?

Elle a pris le temps de m'observer.

— On peut vraiment tout raconter à un écrivain ?

Elle a souri pudiquement.

— J'ai eu un passage à vide de plusieurs mois. Je me sentais incapable d'élever cette enfant. Et incapable de vivre avec le père d'ailleurs. On a honte quand on se sent incapable de ces choses soi-disant élémentaires. Il y a une indignité là-dedans.

— Je sais.

— Vous n'avez pas envie d'avoir d'enfant, vous ? De vivre à deux ?

— Que de grandes questions de bon matin ! Vivre à deux, oui : l'enfant et moi !

— Vous êtes sérieux ?

— Je le crains… Non, moi je n'ai envie de rien, sinon de laisser les choses venir. Le volontarisme m'angoisse. L'angoisse, toujours l'angoisse, pardon. Que faites-vous dans la vie, Irène ?

Elle a précédé sa réponse d'un rire bref.

— Rhumatologue.

— Sans blague ?

Elle m'a interrogé du regard.

— Je présume que tout le monde vous assomme de questions ?

— Ce que vous vous apprêtez à faire ?

— Périarthrite scapulo-humérale calcifiée bilatérale. Ça doit vous dire quelque chose ?

— Ça a le mérite d'être précis !

— Le premier spécialiste que j'ai vu m'a demandé si j'avais abusé du sport. Je me suis étouffé de rire.

— Je peux aller là ?

Michelle désignait une table libre à quelques mètres.

— Bien sûr, chérie.

Elle a pris ses figurines. Irène l'a aidée à s'installer. La petite s'est assise dos à nous.

— Je prends du Voltarène. Évidemment, ça me torture l'estomac.

— On a commencé la consultation, c'est ça ? a-t-elle souri.

— Il est où votre cabinet ?

— Paris. Vous faites de la kiné ?

— Sans effet. Ça vient, ça repart. Certains matins, je ne peux même plus bouger le bras gauche. Ne me dites pas que c'est de notre âge quand même !

Elle me fixait, amusée.

— Sans radio et sans vous examiner, je peux difficilement vous donner un diagnostic.

— Je sais : j'abuse.

— Mais je peux vous poser quelques questions, si vous voulez.

— C’est un jeu?

— Un jeu très sérieux.

Je me suis mis à chercher Michelle du regard.

— Elle est là, m’a rassuré Irène. Elle ramasse une figurine.

J’ai laissé passer quelques secondes.

— Je vous écoute…

— Votre naissance.

— Ma date de naissance?

— Non : comment ça s’est passé.

— Je n’en sais rien…

— Vous étiez là pourtant.

— On ne m’a rien rapporté de spécial.

— Des frères et sœurs?

— Un frère aîné, inoubliable.

— Avez-vous souvenir d’avoir eu à faire une rééducation particulière pendant votre enfance?

— Les yeux. Une histoire de convergence.

— Intéressant. Vous écrivez à l’ordinateur?

— Oui.

— Pas d’accident de voiture?

— Non.

— Une chute? D’un escalier, d’un arbre, d’un vélo, que sais-je?

— Non.

— Situation dentaire?

— Catastrophique.

— Intéressant là encore.

— J’ai fait un emprunt étudiant de vingt mille

francs, à l'époque. Ma bouche concurrence le musée Grévin. Tout y est faux.

— Vous exagérez.

— Oui.

— Et les dents de sagesse ?

— Deux sorties en haut. Une enlevée en bas à gauche.

— Ça fait trois.

— Une à moitié sortie en bas à droite dont je ne me suis jamais occupé.

— Et voilà.

— Voilà quoi ?

— Une seconde piste après les yeux. Je serais vous, je ferais un panoramique dentaire et un bilan d'orthoptie.

— Quel rapport avec mes épaules ?

— Un rapport direct. Vous me faites confiance ?

— J'aimerais.

— Je vais vous faire deux ordonnances.

— Comme ça ?

— Comme ça, oui. Et vous m'appellerez pour me donner les résultats.

— Je trouve ça formidable.

— Quoi donc ?

— Que je puisse possiblement avoir mal aux épaules à cause de mes dents ou de mes yeux !

— Si vous examiniez le circuit nerveux qui relie votre tête à vos mains, vous verriez la logique.

— Je suis désolé de vous avoir emmerdé avec ça. Je vais vous offrir mon livre.

— Trop tard. Terminé hier soir.

Nous avons accompagné Irène jusqu'à sa voiture.

— C'est qui, la dame? a demandé Michelle devant elle.

— Irène est docteur et elle va me signer un papier pour qu'on essaie de soigner mes épaules qui me font mal.

— Pourquoi elles font mal?

— Peut-être parce que je commence à vieillir.

Irène a attrapé son carnet d'ordonnance dans la boîte à gants et elle s'est assise côté conducteur.

— Vous voulez que je vous conseille des confrères?

— Je veux bien, je ne connais personne ici.

Elle a suspendu son geste.

— Je voulais dire… des confrères à Paris.

— Je préférerais autant ici. Je ne sais pas du tout quand je rentre.

Elle m'a fixé en silence puis est retournée à la rédaction de son ordonnance.

— Vous écrivez en ce moment?

— Pas particulièrement. Je prends le large… Et vous, vous séjournez où?

— Benerville. De l'autre côté de Deauville.

— Une maison secondaire?

— Tout juste.

Elle m'a tendu les précieux papiers.

— Vous avez toutes mes coordonnées sur l'en-tête. Je pratique également la myothérapie. Ça pourrait être utile dans votre cas.

— Qu'est-ce que c'est exactement?

— Tenez-moi au courant, a-t-elle dit pour toute réponse. Au revoir, Michelle.

La petite a agité sa main.

— Bonne fin de vacances alors, ai-je dit.

— À vous aussi.

Elle a souri et refermé la portière. J'ai regardé la voiture s'éloigner et disparaître derrière le casino décati.

*

Vingt-trois heures passées. Infâme sentiment de solitude. Celle-là même que je suis pourtant capable de défendre bec et ongles quand on s'en étonne.

Je voudrais savoir. D'où cela vient. Cet état de (mon) fait. Un état de la solitude endurcie depuis Junon. Et d'où vient ce courage subi ou consenti qu'il faut pour vivre sans le divertissement, l'enchantement et l'encombrement de l'autre. Intuition déjà maintes fois confirmée que cette solitude est partie pour durer.

Seul dans ce lit, dans cette chambre, dans cette maison. De quoi suis-je fait pour être là, avec cette petite fille, heureux de me promener main dans la main avec elle mais rendu à la béance quand vient la nuit et que je ne suis de nouveau que *moi-même* ?

1er novembre 2011

— Tu as loué une bagnole ou je prends un taxi ?

— Je ne comprends pas.

— Je suis à la gare de Deauville. Tu viens me chercher ou bien ?

— Tu plaisantes ?

Cyrille dans toute sa splendeur. La splendeur de l'imprévisible (sans les réjouissances afférentes).

— Mais tu as pris le train à quelle heure ?

— Tôt. Alors ?

Il était neuf heures et nous avions à peine émergé, Michelle et moi.

— Je viens. Mais il faut que j'habille la petite.

— Tu peux quand même la laisser à sa mère une demi-heure, non ?

— Junon n'est pas là.

— Tu es seul avec Michelle ?

— Oui.

Il a soupiré.

— Je t'attends au café d'en face. Grouille.

Michelle m'a demandé pourquoi nous partions à la gare. Elle a cru un moment à l'arrivée de sa mère. J'ai été contraint de la décevoir. Je l'ai vue s'adresser à son lapin dans le rétroviseur ; sans doute le prévenait-elle qu'un inconnu à l'étrange réputation venait passer la fin des vacances avec nous.

*

Cyrille arborait une tignasse outrageusement grasse. Mon frère peut passer plusieurs jours d'affilée sans se laver les cheveux. Aucune remarque à ce sujet ne saurait l'atteindre. Non pas qu'il se repose sur sa beauté (indéniable), plutôt qu'il s'en fout.

— Tu as le droit de lui dire bonjour, c'est un être humain doté d'une conscience.

Cyrille s'est penché et a embrassé Michelle. Mon frère me fait singulièrement penser à certains hommes de la génération de nos parents : ne daignant adresser la parole aux enfants que passé cinq ou six ans, lorsqu'une parfaite maîtrise du langage atteste qu'on n'a plus simplement affaire à un tube digestif braillard.

Pendant tout le trajet, Michelle s'est tenue silencieuse, aux aguets, m'a-t-il semblé.

— Tu as fini ton tournage ?

— Ouais.

— Tu dois être soulagé.

J'ai eu brusquement l'impression de parler comme un père à son fils de retour en week-end. Le ton affectueux en moins.

— Tu aurais pu prévenir quand même.

— C'est chez moi aussi, je te rappelle.

— Je ne dis pas le contraire. Mais ce n'était pas difficile de passer un coup de fil hier.

— Tu ne réponds pas au téléphone.

— Alors un texto.

— Tu ne réponds pas plus aux textos.

Je me suis concentré sur la route. Une première lame d'agacement montait dans ma poitrine.

— Tu t'es installé où ?

— Dans ta chambre. Et Michelle au premier. Mais je peux débarrasser le plancher, si tu veux.

— C'est bon. Je me mettrai chez papa et maman.

— J'ai dîné avec Mado, ai-je enchaîné, cherchant désespérément une parcelle de complicité.

— Toujours vivante, celle-là ?

— Une vieille carne.

— Ça ne m'étonne pas. Elle était déjà bien partie. Tu as vu qui d'autre ?

— Hervé.

— C'est qui ?

— Mais si, tu sais bien.

— Non, je ne sais pas.

— Hervé Mallet. Mon « meilleur ennemi ».

— Je ne vois pas.

— C'est par lui que j'avais connu Benoît.

Il aurait été logique de lui apprendre sa mort. Mais ce n'est pas venu. Crainte que ça ne résonne pas.

— Il se trouve que c'est Hervé qui se charge de la vente.

Cyrille n'a pas relancé.

— Pourquoi tu es venu ?

— Pour ne pas te laisser seul, a-t-il ironisé.

— Et tu ne t'es pas dit que peut-être j'étais très bien seul ? ai-je répliqué dans un premier degré assez pathétique.

— On va à l'agence, a-t-il annoncé.

— Quoi ?

— Tu m'emmènes tout de suite à l'agence.

Je suis devenu un peu livide, manière de me constituer coupable à mon corps défendant.

— Ça fait combien de temps qu'on te demande de nous tenir au courant ? s'est-il mis à gueuler. Qu'est-ce que tu branles ? Et tu crois qu'on va te faire confiance ?

— Cyrille, tu ne me parles pas comme ça !

J'ai désigné du menton Michelle à l'arrière, Michelle dont le regard s'était échappé à l'extérieur de la voiture. Mon frère s'est tourné vers moi. Là-dessus aussi, il semblait avoir pas mal de choses à dire.

*

— Je te présente Cyrille, mon frère.

Ils se sont serré la main. Hervé nous a fait signe de nous asseoir en face de lui. J'ai pris la petite sur mes genoux. Frédérique m'a adressé un signe de loin auquel j'ai répondu par un sourire malaisé.

— Je viens faire un point sur la vente, a commencé mon frère avec l'aplomb de qui s'apprête à se montrer impayable.

Hervé s'est saisi du dossier.

— Comme votre frère a dû vous dire, nous avons au moins deux acheteurs fiables.

— Au prix ?

— Les deux, au prix. Avec quelques différences notables toutefois. J'ai d'un côté une proposition avec 100 % d'apport personnel. Un couple de Parisiens. Un revenu annuel que je vous laisse consulter.

Il a tendu une feuille à mon frère. J'étais désormais et comme prévu totalement exclu de la conversation.

— Et ce second dossier. Qui comporte un prêt en attente d'obtention. Et un apport personnel qui s'élève à 60 %. Revenus plus modestes. Si vous voulez bien jeter un œil.

Mon frère a examiné les nouvelles feuilles qu'Hervé venait de lui tendre. Au bout de quelques secondes, il s'est redressé :

— Il n'y a pas photo.

— Je suis de votre avis.

— Qu'est-ce qu'on attend ? Il faut signer la promesse de vente.

Hervé m'a avisé avec contentement.

— Ils sont encore dans le coin ?

— Tout à fait. Je peux les appeler dès aujourd'hui.

Cyrille s'est rencogné dans le siège, soulagé de

constater avec quelle facilité il venait de faire avancer la vente. J'ai bien pris garde à ne pas croiser son regard, ni celui d'Hervé, le nez plus ou moins discrètement enfoui dans la nuque de Michelle.

*

Il a posé son petit sac de voyage sur le lit de papa et s'est mis à contempler la plage par la fenêtre. Je suis resté dans l'embrasure de la porte.

— Je ne sais pas où sont les draps…

— On verra ça plus tard. Qu'est-ce que tu trouves à foutre ici toute la journée avec Michelle ?

— Tu te souviens que tu as un enfant qui a eu le même âge ? Ce n'est pas très difficile de trouver des choses à foutre, comme tu dis.

— Pourquoi tu te braques, Aurèle ?

Vrai. Je me braquais.

— On a nos petites habitudes, me suis-je radouci. Notamment le manège de Trouville : incontournable.

— J'irais bien au Galatée ce midi. Ça te dit ?

— D'accord.

— On en profitera pour l'emmener faire quelques tours.

Mon frère affichait un air abattu. Sans doute la fatigue héritée de son tournage.

— Ça va ? Tu veux te reposer un peu ? Monte là-haut en attendant, si tu veux.

On aurait dit qu'il fixait un écran muet. Il a fouillé l'une des poches du blouson qu'il n'avait toujours pas retiré et il en a extrait sa boîte d'anxiolytiques. Il a avalé un cachet.

— Tu prends encore ces trucs ?

— Est-ce que je te demande où en est ta consommation d'alcool ?

— C'est qui le monsieur ?

Je me suis retourné : Michelle se tenait sur le palier, son sempiternel lapin à la main.

— Je t'ai expliqué ce matin, chérie.

— Ça te fait chier que je sois venu, hein ? a marmonné mon frère.

— Qui est-ce qui va manger des moules et des frites après avoir fait cinq tours de manège ? ai-je claironné en adressant un clin d'œil à Michelle.

Elle a souri et levé le doigt avec enthousiasme.

— Gagné !

*

— Tu devrais la moucher, a lancé Cyrille entre deux bouchées. Elle a trois tonnes de morve.

— C'est bon, j'ai vu.

— Tu veux que je t'aide ?

— Oh, je sais faire quand même !

— Tu sais faire, tu sais faire… C'est bien ça qui me désole avec toi.

— Je peux savoir ce que revêt cette petite phrase ? ai-je sifflé tout en essuyant le nez de la petite.

— C'est du gâchis : ça t'irait tellement bien un enfant…

Sous prétexte de vouloir mon bien, Cyrille s'est toujours autorisé de dommageables projections à mon endroit : il est impensable pour lui que je n'aie pas suivi son exemple en me mariant et en concevant un enfant dans la foulée. Écrire, passe encore ; il fallait bien que chacun des deux frères trouve son espace et il aurait été tout à fait malvenu que nous nous déchirions le même. Par chance, nos sources d'inspiration se sont très intelligemment distribuées : à lui l'inquiétude du monde, à moi le labyrinthe de l'intimité (ayant toujours estimé le contenu de ses documentaires digne d'admiration, je trouverais juste de bon aloi que Cyrille respecte mes modestes sujets de roman, mais passons). À l'inverse, il a toujours semblé à mon frère que j'aurais dû me marier et assurer ma descendance à sa façon. Toutes différentes et singulières que soient nos activités artistiques, il est à parier que nos femmes et nos enfants auraient été pareillement différents et singuliers. De là, Cyrille aurait pu assurer la continuité de son règne dont l'arme principale tient dans l'exercice de la *comparaison*. Après avoir été le maître, il a toujours eu à cœur d'être le meilleur. Mais le célibat me met hors course et, pour l'aîné, à vaincre sans péril, on finit sans gloire… Je ne compte donc même plus le nombre de fois où Cyrille a déploré mon mode de vie, achoppant, comme un vieux qui radote, sur le sempiternel : « Ça t'irait tellement bien un enfant. »

— J'ai lu ton bouquin.

— Michelle, tu ne veux plus de moules ?

— Tu m'écoutes ?

J'ai fait signe à Cyrille de baisser d'un ton et j'ai jeté des regards embarrassés vers nos voisins de table.

— Je ne suis pas suffisamment qualifié pour parler littérature ou ça ne t'intéresse pas ?

— Si. Dans l'absolu, l'avis de mon frère m'intéresse.

Il a eu un petit sourire condescendant.

— Le problème avec toi, c'est que tu n'as jamais supporté la moindre critique.

Puis il m'a regardé droit dans les yeux :

— Tu t'es ennuyé en écrivant ce livre, pas vrai ?

— En fait, je supporte très bien la critique ; un peu moins certaines *remarques*. Tu saisis la nuance ?

— Cette espèce de formalisme pseudo-intello… Ça ne te va pas du tout.

— Ne parlons pas de mon livre, Cyrille. Ce que j'écris ne sera jamais conforme à ce que tu attends. Et, moi-même, je ne serai jamais conforme à…

— Et voilà. Comme d'habitude, tu ne veux pas entendre ce que j'ai à dire.

Le couvercle buté du silence est retombé.

— Pourquoi tu t'énerves systématiquement, Aurèle ?

— Parce que tu es brutal. Si difficile de comprendre ça ?

— O.K., je suis brutal. Et je vais l'être encore une fois, désolé. Je voulais te dire que j'étais un peu inquiet pour toi en terminant le livre. Il est chiant et, par ailleurs, totalement mélancolique.

Comme pour me tirer d'affaire, mon portable s'est mis à vibrer, signalant la réception d'un texto.

— Michelle, ta maman arrive demain dans la journée. Tu es contente ?

Mon frère m'observait fixement.

— Tu ne dis rien ?

— Qu'est-ce que tu veux que je te dise ? Que tu as touché un nerf ? Alors oui, Cyrille : j'admets que ce livre est chiant *et* mélancolique.

— Je n'ai pas le droit de m'inquiéter pour mon frère, c'est ça ?

— Je suis très touché que tu t'inquiètes pour moi, ai-je articulé avec ironie.

— Et à moi, tu ne demandes pas de nouvelles ?

Il clignait des yeux nerveusement.

— Comment ça ?

— Karen est partie.

— Qu'est-ce que tu dis ?

— Elle m'a quittée. Gabriel est avec elle.

— Mais quand ?

— Il y a deux mois. Au début du tournage.

— Deux mois ? Et tu dis ça maintenant ?

— Oui. Je dis ça maintenant. Tu prendras un café ?

J'ai acquiescé, abasourdi.

— Deux cafés, s'il vous plaît. Et l'addition.

*

Je n'ai rien pu extorquer de plus à Cyrille. Il est parti marcher seul et il a bu toute la soirée. Quand j'ai senti qu'il commençait à avoir le vin mauvais, je suis allé coucher Michelle. Les débordements avinés de mon frère sont toujours à craindre, *a fortiori* quand il a avalé plusieurs anxiolytiques.

Je me sentais évidemment totalement culpabilisé. À toujours vouloir me protéger de lui, j'étais pris en flagrant délit de négligence.

J'ai fouillé l'armoire de papa et maman et j'ai déniché une paire de draps que j'ai laissée bien en vue. Je suis redescendu et lui ai balbutié qu'il pouvait venir discuter s'il en avait envie ou besoin. Je ne sais pas s'il a prêté attention à ma proposition maladroite.

Deux heures du matin.

Impossible de m'endormir.

La maison est silencieuse.

Sans doute Cyrille ronfle-t-il sur le canapé.

Quel obscur pouvoir ce type a-t-il sur moi pour me mettre dans cet état quoi qu'il dise ?

Mon frère me juge.

Mon frère ne me *reconnaît* pas. Il me *juge*.

Le jour où je pourrai lui dire : oui, je suis fait d'une sève curieuse et oui, tes regards me sont une violence ; oui, j'ai le goût des chemins de traverse, des sentiers dépréciés et, ne jugeant personne, je ne crois pas être fabriqué pour emprunter les grandes avenues et habiter les foyers respectables ; oui, je m'emballe, m'amourache, m'attache et m'engage à durée déterminée ; oui, je me trimballe une enfant que j'aime mais qui n'est pas de moi ; oui, je suis moins talentueux que toi mais beaucoup plus que tu ne le crois. Le jour où je pourrai prononcer cet ensemble non exhaustif de petites vérités blanches, renonçant par là au type idéal que je n'ai jamais été et ne serai jamais, délogeant ainsi en moi mon propre ennemi, alors je comprendrai définitivement pourquoi j'écris, je comprendrai pourquoi j'ai engagé cette réflexion onéreuse chez un analyste, je saurai me défendre en toutes circonstances (fût-ce au prix d'un effort chaque fois renouvelé), j'aurai atteint *l'indulgence*, à mon égard, s'entend. « Tu as trente-cinq ans : qu'est-ce que tu fous de ta vie ? » Ce que je fous de ma vie ? Eh bien ça : j'ai enfin pris mon parti. À présent, je *deviens* sans jamais me perdre de vue. Et c'est long.

Cyrille, tu as beau être cet artiste à la mode, tu as beau le mériter, tu n'es qu'un petit-bourgeois les pieds englués comme tant d'autres dans une passion pour la normalité. Je n'ai rien contre les ingrédients de ton paradis (aujourd'hui amoché) mais je refuse toujours et encore cette arrogance de dominant, de majoritaire que tu décoches à chaque regard, chaque parole. Si j'avais su que tu serais de ceux-là… Un parangon. Je n'en suis pas à me réjouir de ta banqueroute sentimentale et je ne rêve même pas qu'elle te rende un tout petit peu plus humain. Je déplore seulement de continuer à aimer en toi le frère que tu as été mais de devoir subir dans le même temps l'ayatollah que tu es devenu.

À quoi bon ressasser tout cela qu'il ne me pardonnerait pas? Existe-t-il une parole médiane? Non. La vérité exige d'être formulée à bout portant. Alors elle tue. Le sachant, on tient en joue sans jamais tirer… Ou à blanc. Et ça continue.

2 novembre 2011

J'ai cinq ans. J'appelle mes parents au milieu de la nuit. Ils me transportent précipitamment chez notre médecin de famille, lequel tente de me faire tenir debout sur le divan d'examen. Mes jambes sont paralysées. Une lumière crue m'aveugle. Je pleure sans discontinuer. Lorsque mon père me prend dans ses bras, je vois l'effroi sur son visage. Je cherche ma mère des yeux. Elle tourne la tête, elle veut éviter mon regard. Le médecin approche avec une seringue. Je sais qu'il va me «piquer», comme je l'entends dire des chevaux fourbus ou des bêtes en fin de vie.

C'est au moment où j'ai entendu Michelle pleurer que j'ai vu Cyrille sous les draps à côté de moi. Son haleine puait l'alcool et il dormait à poings fermés.

Au premier étage, la petite était assise dans son lit, totalement en nage. Elle éructait des choses incompréhensibles, sans doute des bouts de cauchemar. Je l'ai prise dans mes bras et je l'ai descendue. La lumière du jour était éblouissante et chaude. Michelle appelait sa mère. J'ai fini par l'asseoir sur mes cuisses, face à moi. Je l'ai regardée droit dans les yeux. Elle s'est mise à humer sa peluche par petites touches tout en hoquetant sous l'effet des derniers sanglots.

— Tu as fait un cauchemar, pas vrai ?

Elle a fait un oui discret de la tête.

— Et qu'est-ce qui se passe quand on fait un cauchemar ? On voudrait voir sa maman tout de suite. C'est normal. D'ailleurs tu vas la voir aujourd'hui, ta maman.

Elle a continué à opiner.

— Tu as confiance en moi, n'est-ce pas ? Tu sais que je te protège ? Ici. Et tout le temps. Tu sais que dans dix ans, vingt ans tu pourras m'appeler pour me demander n'importe quoi, que tu aies un ennui ou quoi que ce soit d'autre ? Je ne peux pas vraiment t'expliquer pourquoi. Je ne comprends pas tout moi-même. Mais, en tout cas, une chose est sûre : je te protège et j'ai déjà chassé le cauchemar de la maison.

J'ai improvisé un geste magique de la main. C'est alors que j'ai vu mon cauchemar à moi apparaître dans la cage d'escalier, les yeux gonflés et le teint gris.

*

Quinze heures. Michelle traquait les crabes et les crevettes grises, accourant à intervalles réguliers pour exhiber son tableau de chasse et ne manquant jamais de me demander combien de temps elle avait encore à attendre avant l'arrivée de sa mère. Mon frère s'était douché, s'efforçant d'effacer les effets de la veille. Il était plongé dans la lecture du *Monde*.

— Pauvre vieux : d'après une étude du CNRS, tu gagnes 1,5 % de moins que si tu étais né en janvier ! Bon anniversaire, au fait.

— C'est quoi ces conneries ? ai-je demandé avec lassitude.

— « Autant de mois de maturité en moins sont presque aussi discriminants en matière de résultats scolaires que le fait d'être fils d'ouvrier plutôt que fils de cadre. »

— Dieu soit loué : papa et maman étaient pharmaciens… J'aurais fini où sinon à ton avis ?

Cyrille n'a pas relevé, concentré sur son article.

— Tu penses qu'elle reviendra ? ai-je lancé avec l'air de ne pas y toucher.

Il a légèrement relevé la tête.

— Non.

— Et Gabriel ?

— Paumé. Pour l'instant, il est avec elle à l'appartement.

Cyrille a replié le journal dans un soupir.

— Vous vous parlez un peu, toi et elle ?

— À ton avis ?

— Je n'ai pas d'avis justement. Les dernières nouvelles que j'ai eues de vous, c'était dans *Closer*.

Cyrille a explosé.

— Non mais tu es qui pour me parler comme ça ? Tu as vu ta vie, toi ?

— C'est reparti…

— Regarde-toi ! Tu viens d'avoir trente-six ans, putain ! Tu as un meilleur bilan à m'opposer ?

J'ai tenté de composer un regard inflexible. Lui s'est mis à farfouiller sur l'écran de son iPhone.

— Tu cherches quoi ?

— Les horaires de train.

J'ai tout d'abord fait mine de ne pas comprendre. J'ai tenu vingt secondes.

— Explique-toi.

— Je rentre. Tu vas me déposer à la gare. Après tout, j'ai fait ce que j'avais à faire. Et puis, il faut que je te laisse vivre tes trucs.

— Mes… trucs ?

— Ta petite amoureuse, là…

Son regard s'est posé sur Michelle qui jouait au loin.

— C'est infect ce que tu dis.

— File-moi les clés de la maison. C'était une mauvaise idée de venir ici en ce moment.

— Ne change pas de sujet ! Tu ne supportes pas de me voir avec Michelle. Crache-le et qu'on n'en parle plus !

Il s'est levé. J'ai lâché les clés à ses pieds.

— Je ne sais pas de quel droit tu me juges mais reconnais que ça t'insupporte de me savoir attaché à cette gamine ! Une belle façon de fuir mes devoirs d'homme, hein, grand frère ? Ceux-là mêmes que tu as respectés à la lettre et qui t'étouffent la gueule ! Heureusement que tu peux fuir à intervalles réguliers aux quatre coins du monde pour filmer tes chefs-d'œuvre ! Seulement il n'y a pas à s'étonner que tu ne trouves plus personne en rentrant à la maison !

Mon frère, qui commençait à s'éloigner, a stoppé net. Il est revenu s'accroupir à ma hauteur.

— Qu'est-ce que tu as avec moi ? a-t-il prononcé d'une voix calme.

Les yeux embués, j'ai vérifié que Michelle était à bonne distance.

— J'ai rien, enfoiré !

— Si, tu as quelque chose.

Son ton était d'une dureté terrifiante.

— Aurèle, trouve-toi quelqu'un. C'est urgent. Ça fait combien de temps que tu n'as pas baisé ?

— Tu es immonde !

— Non, c'est difficile à entendre, nuance. Je vais prendre un taxi pour aller à la gare, te casse pas. Je laisse les clés derrière le volet de la cuisine. « Comme d'habitude. »

Mon frère m'a fixé encore un moment et j'ai vu qu'il me regardait avec amour, me renvoyant au mien propre dont je ne peux expliquer la vigueur jamais tarie en dépit de l'incarnation si ratée dont témoigne notre quotidien.

Il s'est éloigné. Je me suis mis à pleurer sous le regard des vacanciers qui devaient se demander quand allait finir la dispute des amants pathétiques. J'ai grandi et toujours vécu les yeux secs, dents serrées, mais ça me faisait du bien d'extraire brutalement tout ce désarroi muselé, ces défaites, ces sabordages, cette foutue incapacité à m'engager autrement que dans l'écriture, ce talent pour la vie si discutable ou tellement manquant.

Michelle s'est approchée. Je me suis excusé. Je lui ai dit que ça allait passer. Elle s'est lovée contre moi et elle a effectivement attendu que ça passe. Je l'ai serrée. Au bout d'un moment, elle a basculé le visage en arrière, observant mes yeux rougis. Je lui ai adressé un sourire un peu dépité. Elle était belle. Du fond de ce minable marasme, mon amour pour cette enfant brillait, une invention, je sais, notre invention à nous. Pour l'un comme pour l'autre, il y avait eu une place à prendre et nous l'avions prise. On avait au moins sauvé ça du désastre.

Lorsque nous sommes rentrés une heure plus tard, Cyrille avait quitté les lieux. Au deuxième étage ne restait qu'une odeur de mauvaise nuit mêlée de whisky. J'ai ouvert la fenêtre en grand.

III

2 novembre 2011

Junon n'avait prévu qu'un battement de deux heures entre le train aller et celui qui la ramènerait avec sa fille à Paris. Il était un peu absurde de retourner à Villerville pour si peu de temps. Nous avons flâné sur les planches de Deauville puis, comme la petite traînait des pieds, nous nous sommes enfermés dans un bar aux vitres embuées. Une dizaine de familles s'y entassaient, tentant de maîtriser leurs enfants qui s'ébrouaient entre les tables. J'ai déconseillé le chocolat quémandé par Michelle. Ça a fait sourire sa mère.

Sur le quai, Junon a voulu fumer une dernière cigarette. Je l'ai allumée pour elle et j'ai tiré deux lattes.

Nous avons patienté en observant les voyageurs qui approchaient et nous dépassaient, accompagnés du murmure régulier de leurs valises à roulettes. Michelle tenait la main de sa mère, pivotant machinalement sur un pied, les yeux dans le vide, le nez toujours enfoui dans son lapin.

— Tu as dit merci à Aurèle ? a demandé Junon.

Michelle a levé la tête et s'est exécutée dans un sourire qui a presque englouti le son de sa voix.

— Et au fait : Lausanne ?

— C'était bien.

— Tu as fait ce que tu voulais ?

— Oui, a-t-elle répondu laconique.

Manifestement, elle pensait à autre chose. Avant, je lui demandais plusieurs fois par jour à quoi elle pensait. C'est une question qu'on ne pose qu'à la personne qu'on aime. Une intrusion d'amour impérieuse. Quand l'autre échappe.

Elle a fini par se tourner vers moi avec le regard timoré de qui cherche à se donner du courage.

— Je vais m'installer avec Martin.

J'ai acquiescé dans le vide.

— Michelle le connaît ?

— Oui. Hein, Michelle ? Tu l'aimes bien, Martin ?

La petite a fixé sa mère sans répondre.

— Vous avez trouvé où ?

— Meudon.

— C'est loin…

— Pas si loin.

J'ai laissé mon regard se perdre dans la foule qui s'était densifiée et montait par petites grappes dans le train.

Junon m'a tendu la cigarette. J'ai fait non de la tête. Elle a écrasé le mégot.

— Pourquoi vous êtes tristes ? a lancé Michelle d'une voix claire cette fois.

Je me suis accroupi à sa hauteur.

— Je suis triste de te voir partir. On était bien tous les deux, pas vrai ? Mais on se reverra à Paris.

Je l'ai embrassée.

Comme à notre habitude, Junon m'a fait une bise (nous ne sommes jamais revenus aux deux bises traditionnelles depuis la séparation).

— Merci encore pour Michelle.

— De rien.

— Tu préviens quand tu rentres ?

J'ai acquiescé et je les ai regardées s'engouffrer dans le wagon. Michelle a agité la main dans laquelle elle tenait sa peluche pour me dire au revoir. J'ai pu vaguement apercevoir leurs silhouettes prendre place. J'ai fait un signe à mon tour, sans savoir si elles regardaient dans ma direction.

*

Cela fait un mois que j'avais abandonné ces notes. Le départ de Michelle, ajouté au passage en coup de vent de Junon et de mon frère, m'a laissé à terre. À ma solitude s'était substitué l'isolement pur et simple.

Je n'ai fait que lire et marcher.

Vu personne. Évité Mado.

Aucune nouvelle d'Hervé. Je sais par ma mère que la promesse de vente est signée. Papa et maman entendent venir à Villerville à l'occasion des fêtes et comptent sur leurs fils pour les aider à mettre la « villa » en cartons.

Côté Junon, c'est silence radio depuis novembre. Pas un coup de fil, ni un texto.

Apprendre à finir ? Mais vraiment cette fois ?

3 décembre 2011

Arrêté aujourd'hui par cette phrase de Duras dans *Écrire* : « On ne trouve pas la solitude, on la fait. »

Ma vie ici.

Il m'arrive de connaître des moments d'allégresse qui viennent généralement se nicher dans les transitions : voir Villerville se peupler de promeneurs le week-end, puis retrouver la plage désertée le dimanche soir. Le village devient fantomatique. Je suis seul, d'entre toutes ces bâtisses barricadées, à contempler la marée dans sa mécanique indifférente au nombre de témoins : impression d'un obscur privilège. Jusqu'à ce que la fin de semaine ranime la côte. Alors les cerfs-volants bariolés et les cris des enfants volent de nouveau la vedette.

Et puis, bien sûr, il y a toujours un mauvais moment à passer, vers dix-neuf heures. Sans doute l'entrée dans la nuit qui annonce ce à quoi j'ai toujours répugné – la perspective du sommeil – et qui épaissit la solitude. L'alcool m'aide. Assommé, je cède. Lorsque je me suis ainsi abruti plusieurs soirs de suite, je m'efforce de réduire les quantités les jours suivants et je me retourne dans le lit, sans fin. Je tente parfois de solliciter l'anesthésie en allant marcher sur le front de mer. Je guette les lumières familières. Mado qui veille jusqu'à tard. Les volets chez les parents de Benoît, immanquablement fermés. Et puis, je passe devant la maison de Perrac, le vieil artisan, qui freine mon pas : je vois, à travers la vitre du rez- de-chaussée, son crâne penché vers l'écran du téléviseur et son regard happé, comme celui d'un enfant, par quelque téléfilm ou reportage dont j'imagine la teneur (à quoi peut bien ressembler une fin de vie ou une vie tout court qui n'est faite que de ça ?). Au fond, je me découvre la même nécessité : occuper le temps crépusculaire au gré de rituels divers mais pas si variés quand Paris, jusque-là, me vampirisait et me rendait à des nuits courtes et soulagées.

Paris, si loin pour le moment. Paris et ma vie après Junon. Ces cinq années à fuir mon désert, m'essouffler, écumant la nuit, les bars triés sur le volet, à l'affût de la moindre apparition qui saurait me rendre à l'espoir que j'avais initialement placé dans cette vie urbaine et nouvelle, ample, censément inépuisable, cinq années à accumuler les rencontres nocturnes, me laissant glisser dans cet état second qui fait que l'on ne compte plus les heures, ni les pintes, ni les raisons qui dissuadent de rentrer cuver, et je trouvais passionnants (à partir d'un certain taux d'alcoolémie, vite atteint) ces échanges de rien, ou de tout, parce que pendant ce temps-là je n'avais pas à affronter autre chose, c'était toujours ça de pris, quand bien même mes compagnons n'étaient que de fortune, je finissais par bien les connaître, de soir en soir, je les trouvais attachants, je leur étais attaché, par la force de l'habitude, une bienheureuse habitude, au final je n'aurais troqué pour rien au monde ces fréquentations de circonstances, qui ne l'étaient d'ailleurs plus puisque c'était là ma famille élective, aussi peu élue qu'une famille biologique, juste héritée de mon passage *par là*, et ce n'était pas tant du bon temps que nous passions ensemble que du temps tout court, traquant le même oubli, l'oubli de quelque chose de trop empesé, de trop décevant déjà, alors nous nous occupions à plus futile, ensemble, ou nous singions de refaire le monde, ensemble, rien ne pouvait être grave, tout était branché très fort mais si peu grave et, ce faisant, il y avait ces regards rivés sur quelque visage repéré de soir en soir, tantôt absent, tantôt apparu inopinément, ou fidèlement à sa place à notre arrivée, de ces visages que nous mangions à plein regard avant même qu'un rapprochement ne s'opère, promesse d'une prolongation, d'une histoire, d'une fin de nuit peau contre peau, on resterait amis, on se quitte vite fait, et le soir venu, de nouveau, l'espoir que la grande ville tienne ses promesses, l'être providentiel, je me prenais à penser que rien d'autre ne valait que ça : l'attendre, sagement, patiemment, la « remplaçante », et puis parfois la flemme, parce que rien ni personne ne venait, alors je rentrais, mais toujours je repartais, le lendemain soir, sur le coup de vingt et une heures, dans un même mouvement de fuite, de désir, de sabordage et de vie. Alors que s'est-il passé ? Cinq ans après : pourquoi ne plus vouloir provoquer Paris, lui extorquer des miracles ou le simple soulagement de l'ivresse commune ? À présent : l'ivresse, seul, l'oubli, seul. Que s'est-il passé pour que la déréliction s'enraie, pour que je m'éloigne du courant sans préavis et décide de m'enfermer dans un autre âge, advienne que pourra, qu'on vienne m'y chercher et m'y aimer, que s'est-il passé ? Je suis seul ici et eux, ils continuent à boire probablement, à parler de tout et de rien, s'embrasser, baiser, s'aimer, se manquer, mais se supporter mieux ainsi.

Et Junon. À Meudon.

4 décembre 2011

À propos de son roman *Détours*, René Crevel écrit cette phrase modeste : « J'ai déposé mon bilan. » Telle est sans doute la vocation de ma petite entreprise normande : déposer mon bilan. Le premier.

7 décembre 2011

Hier soir, pris d'un remords confus, j'ai roulé vers Barneville. J'ai du mal à savoir exactement ce que j'attendais d'une visite impromptue chez Hervé ; je sais seulement que je me sentais incommodé par le silence entretenu des dernières semaines. Peut-être regrettais-je de m'être montré si peu coopératif lors des visites. Une chose est sûre : si nous avons très peu en commun, lui et moi, nous partageons tout du moins un passé, et c'est peut-être à ce passé (amputé) que brusquement je tenais.

Posté devant la grille qui dessinait des pointes tarabiscotées, j'ai hésité à sonner. Elle était ouverte. J'ai avancé dans l'allée de graviers que bordaient deux pelouses plongées dans l'obscurité. Le vaste séjour était allumé. J'ai fait quelques pas sur l'herbe. Hervé était enfoncé dans le canapé, une bière à la main qu'il tenait fermement au goulot. Il fixait son écran plasma d'un œil morne. Que pourrais-je bien trouver à lui dire, à jeun de surcroît ?

Il y avait quand même de bonnes chances pour que je me retrouve interdit devant sa tête décontenancée de me voir là à cette heure. Frédérique l'a rejoint. Elle a passé un bras autour de ses épaules, fixant elle aussi l'écran. Il a posé une main sur sa cuisse, puis il a approché son visage du sien et l'a embrassée. Leur baiser a duré, ce faisant que sa main à lui commençait à la caresser. Tout de suite après, il a posé sa bière ainsi que ses lunettes sur la table basse et elle a tâté son sexe qui devait enfler sous le tissu du pantalon. Leurs gestes sont devenus saccadés et pressants. Elle a relevé sa jupe et ôté sa culotte. Assise sur lui, elle lui a déboutonné sa chemise. Il l'a gardée mais s'est débarrassé du bas. Il a tendu son sexe dressé, elle s'est laissé pénétrer doucement, puis s'est mise à aller et venir au-dessus de lui, le visage enfoui dans ses cheveux broussailleux. Je les ai regardés jusqu'à ce qu'il jouisse et qu'ils s'immobilisent, haletants. Elle est restée la tête légèrement relevée, les yeux sans doute clos. Elle a fini par se dégager, replaçant vaguement sa jupe et attrapant sa culotte d'une main rapide. Lui, il a basculé la tête en arrière sur le dossier du canapé, le sexe pendouillant entre ses cuisses. Un plafonnier s'est éclairé au premier étage, jetant une lueur blafarde sur la portion de pelouse où je me tenais. J'ai fait machine arrière et j'ai repassé les grilles, prenant garde à les refermer sans bruit. J'ai marché d'un pas rapide vers la voiture, convaincu que je ne reverrais jamais ni Hervé ni Frédérique.

De : Cyrille Delamare [mailto : cyrille.delamare@gmail.com]
Envoyé : jeudi 8 décembre 2011 01:32
À : Aurélien Delamare
Objet :

Aurèle,
J'ai l'impression qu'en ce moment on a autant de mal à se parler de visu que par téléphone.
J'étais vraiment mal lorsque j'ai débarqué à Villerville. Je le suis encore. Mais je suis revenu de mon erreur : il était absurde de venir quémander auprès de toi un quelconque réconfort. N'y vois aucun reproche. C'est une question de place. Je sais que je t'emmerde plus qu'autre chose mais c'est le seul rôle que j'aie jamais su tenir auprès de toi. A contrario, je ne sais pas me laisser emmerder par mon frère. Mais peu importe, ce n'est pas pour ça que je t'écris. Ma petite vie, je vais la porter, comme tout un chacun. Non, je ressens le besoin de t'écrire à propos de ton livre. Tu t'es braqué lorsque j'ai essayé de t'en parler. Je voulais te redire que ce roman ne m'a pas laissé tranquille. Je crois sincèrement que la complaisance mélancolique te guette. Ou alors fous-toi en l'air, petit frère, et je te dirai ce que ton Drieu écrivait à Rigaut : « Mourir, c'est ce que tu pouvais faire de plus beau, de plus fort, de plus. »

Je cite ça l'espoir de rien car je n'ignore pas que tu me juges sacrément à côté de la plaque sitôt qu'il s'agit de faire un tant soit peu de psychologie. Ou me ressortiras-tu ton sempiternel : « Tu ne m'aides pas, là » ?
Aurèle, je te montre juste le puits où tu as enfourné une jambe pendant qu'il est encore temps de l'en sortir.
Je t'embrasse.
Cyrille

Va te faire mettre.

9 décembre 2011

Toujours pas répondu au mail de Clélia et Gilles qui suggèrent de venir me rendre visite un week-end, accompagnés de leurs deux enfants. Constatant que je suis manifestement parti pour prolonger ma fugue, sans nouvelles depuis des semaines (sinon celles que Junon leur aura données), ils m'ont adressé ce signe en forme de seconde chance, celle-là même que je m'apprête à piétiner à force de lambiner car je n'ai aucune envie de « recevoir » pas plus que de voir débarquer celles et ceux, aimés, dont je crois devoir me tenir éloigné pour le moment. Sans doute devrais-je prendre la peine de leur expliquer le plus simplement du monde. Ils comprendraient. Je n'en ai pas la force.

12 décembre 2011

Sa présence m'est devenue familière depuis que je suis ici. C'est toujours elle qui me sert au Café normand lorsque je m'attable pour voir quelques têtes et couper ma journée. Aujourd'hui quelque chose dépareillait et j'ai commencé par la détailler, persuadé qu'elle devait avoir modifié un subtil trait dans son apparence : coupe de cheveux (couleur ?), un vêtement… Mais elle était égale à elle-même : apprêtée avec une légère vulgarité, un gel brillant fixant sa mèche, la mine renfrognée. Il m'a fallu un bon moment pour que je m'explique ce qui différait de l'habitude : elle ne cessait de me fixer à la dérobée. Non pas comme quelqu'un qui prend acte que vous êtes un client habituel ou qui « mate » ; non, elle me *scrutait*. Je suis resté penché sur mon journal, incapable de me concentrer.

Elle a attendu que le patron disparaisse en cuisine et elle m'a servi un café que je n'avais pas commandé.

— C'est pour moi, a-t-elle prévenu.

Le but de la manœuvre m'échappait, de sorte que je n'ai rien trouvé à dire.

— Je ne savais pas que c'était vous.

— Moi? ai-je quand même marmonné.

Elle guettait le retour du patron et se débarrassait de ses phrases.

— C'est Hervé Mallet qui m'a dit que vous étiez revenu.

D'entendre son nom a ranimé les images de l'autre soir et un sentiment nauséeux de honte.

— Comme je vous vois toutes les semaines, a poursuivi la fille, j'ai fini par faire le rapprochement.

Je n'arrivais pas à identifier cette supposée ancienne connaissance (qui me vouvoyait de surcroît).

— Je m'appelle Myriam. Myriam Dehais.

Je l'ai fixée, ahuri.

— Vous êtes la femme de Benoît?

Ce présent de l'indicatif prenait une cruelle résonance.

— Je voudrais vous voir, a-t-elle dit. Même pas longtemps.

— Aujourd'hui, si vous voulez.

— Je suis en pause entre quatre et six. Ne venez pas me chercher ici. Retrouvons-nous ailleurs.

— Seize heures sur la plage?

Ce lieu de rendez-vous m'a paru incongru mais c'est tout ce qui m'est venu.

Le patron est réapparu. Elle a fait glisser sur

la note deux pièces de monnaie qu'elle tenait jusqu'alors au creux de sa main.

— En vous remerciant.

De mon côté, je n'ai pas eu d'autre choix que de boire le café fissa, plier mon journal et quitter le bar.

*

Elle préférait marcher.

— Benoît parlait souvent de vous. Plusieurs fois, il a été tenté de vous faire signe.

Elle s'est interrompue.

— Il disait que vous le connaissiez mieux que personne. Je me sentais d'autant plus inutile quand il sortait ça…

Elle a lâché un rire bref et contrit.

— Il y a eu un avant et un après, vous savez. Il ne pouvait plus se fixer sur rien. Enfin si : regarder dans le vide pendant des heures, ça il savait. Il m'est arrivé de me mettre à hurler. Je ne supportais plus de le trouver avec ce regard vitreux. Je lui disais de s'occuper, de chercher du boulot… Et puis j'ai baissé les bras. J'ai commencé à me demander combien de temps ça allait durer. J'ai espéré que ça ne durerait pas. Qu'il allait en finir. J'ai honte. Mais c'est bien ça que j'ai espéré. À la fin, je ne pouvais pas m'empêcher de penser à moi. À cette vie de merde. Rentrer du travail sans savoir dans quel état j'allais le trouver. Devoir le faire interner de nouveau. Je ne pouvais rien faire pour lui mais je voyais bien qu'on attendait quand même quelque chose de moi. Et pendant ce temps, je pensais à ma vie de merde, tout aussi foutue que la sienne. Ça va durer combien de temps, ça va durer combien de temps. J'aurais dû me douter que ça durerait bien après lui.

— Pourquoi vous n'êtes pas partie d'ici ?

Pour la première fois, Myriam s'est tournée vers moi. Il y avait comme un éclat de reconnaissance dans ses yeux.

Elle n'a pas répondu. Elle n'était pas partie, c'est tout. Sa vie était foutue jusque-là. De toute façon, elle aurait traîné le poids de cette disparition partout.

— Et ses parents ?

— Elle, c'est une brave femme. Mais je culpabilise lorsque je la vois. Lui, j'essaie de le croiser le moins possible. Il ne vient jamais au Café normand. Trop « guindé ». C'est toujours ça de pris.

Elle a frissonné. Nous avons continué à avancer sur le sable durci par la pluie froide qui était tombée toute la matinée.

— Il savait très bien pour vos livres. Ils en parlaient dans *Ouest-France.* Je lui lisais les articles à voix haute. Je lui ai lu le *Provincial* aussi. Ça, il y tenait.

Elle a laissé passer quelques secondes.

— Vous l'avez écrit pour lui ?

On aurait dit la question d'un enfant. Il y avait quelque chose de touchant et, en même temps, de totalement légitime dans cette interrogation.

— Entre autres. Je l'ai écrit parce que l'histoire de Benoît me tenait à cœur. Il me semblait que ça pouvait faire un beau personnage. Enfin, je veux dire… fort. Ça ne vous choque pas que je dise ça ?

Elle a haussé les épaules.

— On ne sait jamais si on a le droit de faire ça. Prendre un peu de la vie de quelqu'un pour en faire un livre. Ça peut paraître dégueulasse.

— Non. Pas à moi. Je me demande juste ce que vous avez trouvé « beau » chez lui. Ce n'était pas très « beau », vous savez, au jour le jour…

— Je comprends. J'ai connu le meilleur, sans doute.

— Qu'est-ce que vous entendez par « le meilleur » ?

Il y avait à présent un abandon désarmé dans sa voix.

— Le meilleur, c'est bien avant la fin. Quand ça bataille encore et qu'on se dit qu'il y a peut-être une chance de l'emporter.

Elle n'a pas relancé. Mes explications la laissaient indifférente, je crois. Du vent. De la littérature. « Beau personnage. » Que dalle. Rien au regard de ce qu'elle avait vécu, elle.

— Vous me le dédicacerez ?

— Quoi ? Le livre ?

— Oui.

Elle avait l'air d'y tenir. En souvenir de Benoît peut-être. Et de tout ce qu'elle n'avait pas vu venir le jour où elle avait commencé à l'aimer, tout ce qu'elle avait par la suite entrevu sans trop y croire, cet espoir d'une vie qui s'était effondré avec une constance têtue.

— D'accord.

— Vous pensez souvent à lui ?

— D'autant plus depuis que je suis ici, ai-je à moitié menti.

— Moi, je pense tous les jours à la vie qu'il m'a faite. Vous me trouvez égoïste ?

J'ai fait non de la tête.

— Vous croyez qu'on a plusieurs vies ?

J'ai souri, surpris de constater que nous cherchions tous les deux une réponse à la même question entêtante.

De : Irène Blain [mailto : i.blain@yahoo.fr]
Envoyé : mardi 13 décembre 2011 10:58
À : Aurélien Delamare
Objet : Des nouvelles

Aurélien,
J'ignore s'il vous arrive de relever les messages de votre site ou si quelqu'un s'en occupe pour vous. Je n'ai pas d'autre moyen de vous joindre. Je voulais simplement prendre de vos nouvelles. Savoir si vous avez fait les examens que je vous ai préconisés. Êtes-vous de nouveau sur Paris ? N'hésitez pas à débarquer avec les résultats, je vous recevrai entre deux rendez-vous.
Amicalement.
Irène

De : Aurélien Delamare [mailto : contact@aureliendelamare.com]
Envoyé : mardi 13 décembre 2011 11:32
À : Irène Blain
Objet : Re : Des nouvelles

Irène,
Toujours disposé à geindre, je ne brille pas dans l'art de me prendre en main. Non : je n'ai pas effectué les examens

que vous m'avez conseillés. De fait, j'ai d'autant plus honte de m'être plaint devant vous. Croyez-vous que j'aie voulu faire mon malin ? Prolonger notre échange ce jour-là, c'est certain.
Ici, il ne fait pas si gris qu'on le dit. Il « fait seul » mais je l'ai voulu. La petite Michelle a repris le chemin de l'école. Elle me manque.
Portez-vous bien. Moi, je vais tâcher de « me porter » précisément.
Aurélien

De : Irène Blain [mailto : i.blain@yahoo.fr]
Envoyé : mardi 13 décembre 2011 13:17
À : Aurélien Delamare
Objet : Re : Des nouvelles

Et Paris ne vous manque pas ?

De : Aurélien Delamare [mailto : contact@aureliendelamare.com]
Envoyé : mardi 13 décembre 2011 14:54
À : Irène Blain
Objet : Re : Des nouvelles

Non, la capitale ne me manque pas. Mes amis, oui. Je leur donne pourtant si peu de nouvelles. Je crois que je n'y vis plus que pour eux. Paris a fini par dévoiler ses frontières. Ici, en revanche, l'horizon ne déçoit pas.
Je ne sais pas ce qui m'attend ni quand je rentrerai. J'ai toujours eu l'habitude de rêver et forger la matière des choses. Ici, c'est comme si j'obéissais à l'aveugle.
Mais je sais que je finirai par me jeter de nouveau *dans le temps.*
Viendrez-vous en Normandie pour les fêtes ?
Bien à vous.
Aurélien

14 décembre 2011

— Tu as su pour ton frère, je suppose ?

Maman très angoissée au bout du fil.

— Je savais bien qu'il ne tournait pas rond. Mais de là à imaginer ça.

Je ne commente pas, incapable de trouver le moindre mouvement d'empathie pour Cyrille.

— Je ne suis même pas sûre qu'il puisse avoir Gabriel à Noël.

En roue libre.

— Et quand je pense à ce qui nous attend à la maison. Qu'est-ce qu'on va faire de tout ça ?

Pourquoi ne pas tout balancer ? (Ça, je ne dis pas.)

— Tu imagines les archives de ton père ?

Non, maman, je n'imagine pas les archives de mon père. Je n'ai ouvert aucune commode, ni aucune armoire, tu sais. Ta table de chevet m'a suffi. Qu'on ne compte pas sur moi pour écrire notre roman familial. J'ai bien assez de mes propres fantômes.

— Tu peux commencer par ta chambre pendant que tu es là.

Oui, maman.

— Ils sont bien les acheteurs, toi qui les as vus ?

Je dis qu'on ne pouvait pas mieux tomber.

— Alors c'est bien.

Elle observe un silence.

— Tu ne regrettes pas au moins ?

Regretter quoi ?

— Qu'on vende.

Elle continue à parler.

Je n'écoute plus.

*

Je repense à cette soirée de Noël, il y a dix ans. Le dernier réveillon que Cyrille passera avec nous à Villerville, préférant par la suite accompagner Karen dans sa maison familiale de Montpellier.

Nos parents sont sur leur trente et un. Maman a sorti une belle nappe, mis les petits plats dans les grands, ils se sont donné du mal. Les homards sont délicieux.

Vingt-deux heures : fin de la troisième bouteille de sancerre. Le fils de Cyrille est couché depuis longtemps. Pas de folklore cette année : mon frère a décidé que les cadeaux de Noël ne représentaient rien encore pour Gabriel. Il aura des jouets en rentrant à Paris. Karen précise qu'elle lui a offert de nouvelles peluches avant d'arriver.

— Et nous? demande maman. Tu permets

qu'on lui donne ses cadeaux demain matin tout de même ?

En cas de reproche, mes parents ne s'adressent jamais au couple mais à Cyrille uniquement. D'avoir vu Karen à la télévision plusieurs fois les impressionne. Il n'empêche : ils trouvent assez triste l'indifférence de leur aîné à l'égard de ce qui aurait dû de nouveau ressembler à une fête de famille maintenant qu'un enfant a fait son apparition.

À la faveur d'un glissement dans la conversation que j'ai manqué pendant que j'aidais maman et Karen à la cuisine (il était question de la campagne présidentielle à la fin du fromage), je trouve Cyrille en train d'évoquer mai 81. J'ai le tort de mettre mon grain de sel. Il me reprend : lui se souvient, dit-il ; moi pas.

— Tu étais trop petit.

Mon frère est de très mauvaise humeur et il préférerait que je me taise ce soir.

— Si, je me rappelle très bien : l'écran noir et l'image qui apparaît, le front dégarni, on pourrait croire que c'est Giscard qui revient et puis finalement c'est le visage de Mitterrand.

— Tu ne peux pas te souvenir. Tu avais quel âge ?

Cyrille se tourne vers nos parents, les encourageant à m'asséner l'argument fatal.

— Oui, il était très jeune, confirme maman qui vient de se rasseoir à table.

— Tu as revu les images à la télé alors tu as l'impression de t'en souvenir, c'est tout.

Et de rappeler avec amusement que nos parents sont devenus blêmes en contemplant le résultat des élections, songeant notamment aux communistes que Mitterrand avait promis de faire entrer au gouvernement : l'ours était aux frontières du pays, un couteau entre les dents ! Ils rient tous de bon cœur.

Je n'y aurai donc pas droit, lui oui : il revoit tout, la place de la Bastille prise d'assaut, la cérémonie au Panthéon, dixit, il réentend la liesse, et Barbara chantant « Regarde ».

— Et pour Delanoë ? C'est toi ou moi qui agitais les clés devant l'Hôtel de Ville ?

Il a un petit rire.

— Ce n'est pas pareil, Aurèle.

— Ne m'appelle pas Aurèle !

— Tu veux que je t'appelle comment ?

Gauche, droite : mes parents suivent la balle. Karen, où es-tu ? Karen s'en fout, comme d'habitude.

— Il n'empêche, c'était beau ce moment devant l'Hôtel de Ville. Et tu n'es pas venu…

Cyrille ne réplique rien. Je t'ai laissé vivre ta petite page d'histoire, ça veut dire, les miettes.

J'attrape les paquets-cadeaux sur la commode et je les distribue.

— Joyeux Noël.

Mon frère observe avec des yeux ronds le DVD que je viens de lui offrir. Une simple pochette en plastique et le titre, inscrit grossièrement au marqueur : *1974, une partie de campagne*.

— Comment tu as eu ça ?

— Ah, ah !

— Qu'est-ce que c'est ? demande maman penchée vers Cyrille.

— Un film de Depardon.

— Ah, le type que tu aimes bien ? interroge papa.

— Son dieu, vous voulez dire ! rétorque Karen.

— Non mais tu l'as eu où franchement ? Il est censé sortir en février…

Je laisse Cyrille mariner quelques secondes.

— Je connais quelqu'un à la prod.

— Qu'est-ce qu'il a de si spécial ce film ? relance maman avec innocence.

— Il était interdit de diffusion depuis 74, explique Cyrille.

— Ça parle de quoi ?

— C'est la campagne présidentielle de Giscard. C'est lui qui avait commandé le film à Depardon.

— Oh, mais je le verrais bien ! dit maman.

— Et pourquoi il a été interdit ? demande papa un peu méfiant.

— Décision du président Giscard. Je ne peux pas t'en dire plus, je ne l'ai pas vu. Tu l'as regardé avant de venir, Aurèle ?

— Ben non. Je voulais le voir avec toi. Comme au bon vieux temps.

— On va le regarder tous ensemble ! annonce maman, joyeuse.

— Tu sais, prévient Cyrille, je ne sais pas si c'est pour vous…

— Comment ça : « pour nous » ? Tu plaisantes, j'espère.

— Je veux dire… Je ne peux pas vous assurer que le portrait soit très flatteur.

— Et alors ? soupire papa. On en a vu d'autres avec vous.

— *Bonsoir madame, bonsoir mademoiselle, bonsoir monsieur. Je vous parle, pour la première fois, comme candidat à la présidence de la République. Je me suis déjà adressé à vous, vous vous en souvenez, pour vous commenter la situation économique de la France lorsque j'avais la responsabilité de l'économie et que je travaillais au côté du président Georges Pompidou.*

— Je me rappelle cette émission. Pas toi, Henri ?

— *Je n'ai pas la prétention et je n'ai même pas le désir de gagner seul ou de gouverner seul. J'ai le désir de gagner et de gouverner avec l'appui, avec le soutien, avec la confiance des Françaises et des Français. C'est pourquoi il faut m'aider. Madame, mademoiselle, monsieur, je compte sur vous pour que, le jour venu, vous puissiez compter sur moi.*

— C'était bien tourné quand même.

— *La sécurité devant les risques économiques. La sécurité pour la femme et pour la famille !*

— En attendant, ça ne nous rajeunit pas.

— Vous entendez quelque chose, vous ? Henri, monte le son !

— C'est parce qu'ils sont dans un avion.

— Oui, enfin, ils auraient pu prévoir un bon micro. Moi, je n'entends rien. Monte !

— *Ils se sont foutus de nous dans des proportions…*

— Ils parlent de qui ?

— Ben voilà, on n'a pas entendu. Chut maintenant !

— *Est-ce que quelqu'un a un crayon qui marche ?*

— Et elle c'est qui ?

— Sa fille.

— Tu as vu la gabardine ? Jamais vu un vert pareil.

— *Ici la Sofres. François Mitterrand 44 %. Valéry Giscard d'Estaing 33 %. Jacques Chaban-Delmas 13,60 %. Jean Royer 3,50 %.*

— Ça aussi tu t'en souviens, Aurèle ?

— Ta gueule.

— *La France a parcouru la moitié du chemin. Elle vient de faire connaître un premier jugement. Elle l'a fait avec force, et avec clarté. Mais c'est la deuxième moitié du chemin qui comptera parce qu'au bout le choix sera décisif.*

— Ça va être comme ça pendant tout le film ?

— Comme ça quoi ?

— Pourquoi il coupe toujours au milieu ?

— Je vais me coucher. Bonsoir tout le monde.

— Bonne nuit, Karen.

— *Oui alors c'est pour parler de la préparation du second tour. Il y a une solution qui consiste à peu près à ne rien faire.*

— J'ai ma vaisselle, moi.

— Ça ne te plaît pas, maman ?

— *L'ancienne majorité a 45 % des voix, 46 % des voix. Royer, ils voteront pour moi, ils ne peuvent pas voter ailleurs. Puis il y aura Le Pen qui ne peut pas faire autrement non plus, mais il n'entraîne personne. Donc, au fond, c'est une élection qui est presque gagnée si on ne fait rien. L'ennui, si on fait quelque chose, c'est qu'on peut la perdre.*

— Maman, tu ne veux vraiment pas rester ?

— Ça bouge trop pour moi.

— *C'est peut-être une des lignes du second tour : c'est qu'au fond les gens ayant peur, voyant le franc baisser, voyant l'Italie en pagaille, se disent : « Tout ça, au fond, c'est de l'agitation. Il y a un type qui a l'air assez sérieux, assez calme, qui n'injurie personne, qui dit des choses qui ont l'air sérieuses, ben votons pour lui. »*

— Gisèle ! Viens voir ! C'est le débat avec Mittrand !

— Papa, ne hurle pas, tu vas réveiller Gabriel. Et puis on dit : *Mitterrand.*

— C'est le moment du « monopole du cœur » ?

— Oui ! Viens voir. Qu'est-ce qu'il était jeune, Duhamel !

Le film se termine et la soirée de Noël aussi.

Maman est émue d'avoir revu des images de 74 même si le réalisateur « ne sait pas filmer ».

Papa tente de nuancer le jugement de sa femme :

— Moi, je trouve ça intéressant quand même. Il ne fait pas de commentaires, par exemple.

Nous nous regardons, mon frère et moi, comme

attendris devant un enfant qui aurait fait des progrès espérés de longue date.

*

Attendre leur arrivée le 24.
Quelques jours avec eux.
Et tout sera fini.

De : Irène Blain [mailto : i.blain@yahoo.fr]
Envoyé : jeudi 15 décembre 2011 08:53
À : Aurélien Delamare
Objet : Re : Des nouvelles

Aurélien,
Je continue à vous lire.
Sans elle, en ce moment.
Je veux croire que vous ne l'avez pas jugé « inutile », ce livre-là.
Tout y est traversé. N'est-ce pas ?
I

De : Irène Blain [mailto : i.blain@yahoo.fr]
Envoyé : jeudi 15 décembre 2011 08:58
À : Aurélien Delamare
Objet : Re : Des nouvelles

Faites-moi taire. Ce « n'est-ce pas » était d'une indiscrétion crasse.
I

De : Aurélien Delamare [mailto : contact@aureliendelamare.com]
Envoyé : jeudi 15 décembre 2011 09:17
À : Irène Blain
Objet : Re : Des nouvelles

Irène,
Non, votre indiscrétion n'est pas « crasse ». Mais est-ce une bonne chose que mes livres me précèdent ?
De mon côté, je me demande qui est cette jeune femme qui s'est confiée à moi, un jour d'automne, et qui reste sur la réserve depuis, s'intéressant plus volontiers à ma petite existence ? Quelle est sa vie entre Paris et Benerville ? Que vient-elle chercher jusqu'à Trouville ? Le lien qui se tisse entre un auteur et son lecteur est bien inégalitaire : la lumière se pose toujours sur le même. M'autorisez-vous à braquer la poursuite sur vous à présent ?
Aurélien

16 décembre 2011

Nuit courte. Mauvais sommeil. Ce matin, odeur dans la chambre. Qui vient de moi.

Je me dis : désir croupi.

De : Aurélien Delamare [mailto : contact@aureliendelamare.com]
À : Irène Blain
Objet : Re : Des nouvelles

Envie de vous voir.
A

(Pas envoyé.)

18 décembre 2011

Elle avait le regard fuyant de qui regrette déjà.

Je lui ai désigné le canapé. Myriam s'est assise sans retirer son manteau, signifiant clairement qu'elle serait repartie dans très peu de temps.

— Vous voulez boire quelque chose ?

— Non, merci.

De l'index, elle a commencé à gratter le pouce de sa main droite. Ses doigts étaient cerclés de minuscules écorchures.

— Ça va aller ?

Elle a acquiescé.

— Je ne vous ai pas tout dit l'autre jour.

Puis elle a murmuré sans me regarder :

— Vous ne le connaissiez pas si bien que ça.

Je lui ai adressé un regard interrogateur.

— Benoît disait que vous le connaissiez comme personne mais ce n'était pas vrai.

— Je me doute…

— Non, vous ne vous êtes douté de rien, a-t-elle précipité.

J'ai essayé d'adopter un ton conciliant :

— Écoutez...

— Je ne parle pas de son suicide, m'a-t-elle interrompu. Je ne parle pas de ça.

Elle me fixait, comme ayant pris l'avantage sur une situation qui, en l'occurrence, m'échappait.

— Ce n'est pas moi qu'il aimait. Vous ne l'avez jamais compris, ça.

— Je vous demande pardon ?

— Benoît n'a jamais aimé que vous.

Martelant ses mots, elle tenaillait mon regard de toutes ses forces, les paupières inférieures tressaillant. Elle a constaté qu'elle m'avait muselé.

— Personne n'a jamais été au courant bien sûr. Mais, à moi, il l'a dit. On était proches, vous savez. Après avoir vécu tout ça... On finit par être proches.

J'ai dégluti avec difficulté.

— Ça n'a sans doute rien à voir avec sa mort. Je veux dire... Vous n'y pouvez rien.

— Je n'y peux rien, ai-je répété d'une voix impavide.

Cette fois, elle m'a toisé, le menton légèrement relevé.

— Je vous ai détesté. C'est à cause de moi s'il ne vous a jamais fait signe. Je l'ai persuadé que vous aviez votre vie, loin d'ici, et que ça ne servirait pas à grand-chose de vous raconter tout ça.

Elle a laissé passer quelques secondes.

— Maintenant, je vais y aller.

Elle s'est levée et s'est dirigée vers le couloir de l'entrée. J'ai tardé à la suivre, abasourdi.

J'ai cherché une parole de circonstance qui pourrait clore cette entrevue improbable, mais tout sonnait atrocement faux.

— Je ne vous dis pas ça parce qu'il est mort, a-t-elle de nouveau insisté. Vous n'y pouviez rien.

J'ai acquiescé une ultime fois.

Elle a ouvert la porte d'elle-même et s'est éloignée sans un mot de plus.

*

Qu'est-ce que je fous là, penché au-dessus de ta tombe, aussi insondable que tu l'as été, toi que je croyais un peu plus libre et abandonné quand tu basculais la tête vers moi, qu'est-ce que je fous là, pour la deuxième (et dernière) fois, à n'affronter que l'absurdité d'avoir fait le détour, je ne te vois pas, je ne te reconnais pas, ni toi ni les autres, c'est comme la nuit en pleine journée, on ne voit rien, j'entends juste les bruits, j'écoute, je suis perdu et je ne retrouve personne.

19 décembre 2011

Pas sorti de la journée. Radiateurs à bloc. Somnolé, comateux. Traîné entre la chambre et le séjour. Attrapé un livre, aussitôt reposé. Puis un autre, aussitôt refermé. Atonie paralysante. Rien avalé, sinon deux anxiolytiques trouvés dans la salle de bains des parents.

Plage sous la neige. Posté à la fenêtre, je ne cesse de revenir à cette vision : le matelas cotonneux que la marée vient éroder, dévoilant une bande de sable brun à la lente reconquête de lui-même.

Percée de fièvre en fin de journée. Pensées brumeuses dont quelques-unes me reviennent. La mise en garde de mon frèrc : tu vas tomber. La jambe dans le puits.

20 décembre 2011

On sonne. J'ouvre et j'observe son visage qu'une épaisse écharpe dissimule pour moitié. Trépignant dans le froid, elle dit : « Vous me laissez entrer ? » Irène pénètre dans la maison et desserre la laine, découvrant son nez, ses lèvres et bientôt son cou. Elle affirme de sa voix grave : « Je me suis dit qu'il fallait brusquer les choses. » Elle n'attend aucune parole. Elle s'avance vers moi. Je penche la tête vers son visage. Je traque son dos et son cul à travers le manteau. Elle dit en tâtant mon front : « Vous avez de la fièvre. » Ma bouche doit puer. Elle embrasse ma barbe naissante, remonte vers l'arête de mon nez. Je gémis. Je l'attire vers le canapé. Elle déboutonne son manteau et l'abandonne au passage sur un fauteuil. Elle porte un jean serré qui dessine des galbes subtils sur ses cuisses. Elle plonge avec moi et nous restons là, à nous étreindre par pressions régulières. Lorsque je passe une main dans ses cheveux, je sens une matière visqueuse au bout de mes doigts. Du gel. Je me redresse. C'est alors que je découvre le visage crispé de Myriam.

Réveillé en sursaut.
Il est trois heures du matin.
Je suis en nage et je bande dans mes draps glacés.

21 décembre 2011

Entre deux accès de fièvre, j'ai vidé l'armoire et la commode de ma chambre au premier étage. Balancé tous les cours du lycée, manuels écornés, vieille trousse maculée d'encre. Mis de côté les fringues d'adolescence pour le Secours populaire, gabardine pâlie, pantalon et anorak de ski, jeans d'un autre temps. Trié les livres. Gardé un Faulkner, des nouvelles de Poe et *Belle du seigneur*.

Vider. Liquider. Après n'avoir retrouvé que les bras morts d'une rivière dont j'avais abandonné le lit et où je ne me serais réfugié que très provisoirement.

Vers vingt heures, je me suis servi un verre de blanc. Eu envie d'écouter « Victoria » de Keith Jarrett. Cafard immédiat. Me suis rabattu sur Coltrane, « My Favorite Things ».

Boire.

Et flotter sur ma vie.

22 décembre 2011

Je n'ai vu tout d'abord que les racines blanches de sa chevelure. Comme toutes les femmes de sa classe, Mado tente ordinairement de masquer les effets du temps en se grimant par couches épaisses et en enveloppant son corps chétif dans des tissus et des étoles dont elle semble espérer qu'ils arrêteront le regard sans qu'on ait à s'apercevoir de l'armature croulante qu'ils abritent ; mais il arrive aussi (je l'ai constaté une ou deux fois en ville) qu'elle sorte comme au lever, le plat de l'oreiller bien dessiné à l'arrière du crâne, pas maquillée, la peau cireuse et parsemée de taches brunes ; si l'on ajoute ces yeux exorbités que lui vaut sans doute une thyroïde déréglée, Mado a vite l'air d'une folle. Ce matin, j'ai pensé à Michelle qu'elle aurait très certainement effrayée.

— Je me tire, a-t-elle annoncé. Pas question de passer le réveillon dans ce trou.

Elle a avancé le bras pour que je m'écarte. Je l'ai laissée entrer.

— Tu n'as pas l'air en grande forme, toi.

— Pas de souci.

Le faible niveau de ma voix indiquait tout le contraire mais je n'étais pas d'humeur à singer quelque amabilité.

— Figure-toi que je voulais te donner ça avant de partir.

Elle m'a tendu une chemise en carton.

— Je ne sais pas si je te reverrai de sitôt. Alors comme ça c'est fait.

— Qu'est-ce que c'est? ai-je interrogé avec méfiance.

— Oh, quelques babioles que j'ai retrouvées en faisant du rangement.

J'ai saisi les documents dans la chemise.

Des photos, prises lors d'apéritifs ou de «méchouis», comme ils disaient à l'époque.

— Ça, c'était avec le Lions Club, a-t-elle commenté, m'envoyant son haleine de vieux chat.

Des cartes postales, signées de la main de papa et maman.

— Leur voyage au Maroc, a-t-elle poursuivi.

— Pourquoi vous me donnez tout ça, Mado?

J'étais sur le point d'écourter la visite guidée quand est apparue cette feuille blanche pliée en quatre. Je me suis contenté de lire l'en-tête et l'objet qui étaient inscrits en gras : c'était la reconnaissance de dettes concernant le prêt que Mado a alloué à mes parents lors de l'achat de la maison.

Je n'en croyais pas mes yeux. Je trouvais tellement vulgaire d'avoir exhumé ce putain de papier… J'ai pris sur moi et j'ai observé la dernière photo : papa et elle, en maillots de bain sur la plage

— Celle-là, tu ne la montreras pas à ta mère.

— Pardon ? ai-je lâché froidement.

— J'y tenais beaucoup mais je te la donne. C'est du passé, tout ça.

Je l'ai dévisagée, un début de rage au fond de la gorge. Elle a esquissé un sourire attendri, penchée au-dessus du cliché.

— Nous avons été proches, ton père et moi. Ce fut une situation… difficile. Pour ta mère aussi naturellement.

— Vous espérez quoi, là ? Que je vais croire à vos saloperies de vieille mytho ?

— Si je ne peux pas te raconter ça, à toi…

J'ai enfourné les documents dans la chemise et je l'ai forcée à la reprendre.

— Merci, Mado ! Merci pour le fric ! Merci pour la maison ! Merci d'avoir sucé mon père et de lui avoir offert une parenthèse de bonheur dans sa vie de merde ! Merci pour eux ! Merci pour nous ! Merci pour tout !

J'ai empoigné son bras brutalement et je l'ai reconduite vers la porte d'entrée.

— Tu me fais mal ! a-t-elle geint.

Je l'ai jetée dehors. Elle a chancelé, manqué s'effondrer puis elle a retrouvé l'équilibre *in extremis*, grimaçant, une main collée sur la hanche.

J'ai claqué la porte.

De : Junon Vergne [mailto : junon.vergne@orange.fr]
Envoyé : vendredi 23 décembre 2011 10:23
À : Aurélien Delamare
Objet : Noël

Aurèle,
Petite fête de Noël chez moi le 28 (Martin sera avec son fils à Douarnenez). Stefano vient passer quelques jours en France. Il y aura aussi Clélia and co. L'appartement est en cartons mais je vais me débrouiller pour que le séjour soit à peu près praticable. Viendras-tu ?
Michelle a envie d'un truc affreux, une sorte de chat en peluche qui miaule avec des piles. Tu crois que tu peux trouver ça sur les Grands Boulevards ? Je t'envoie le lien.
Je t'embrasse.
J

De : Irène Blain [mailto : i.blain@yahoo.fr]
Envoyé : vendredi 23 décembre 2011 14:34
À : Aurélien Delamare
Objet : Re : Des nouvelles

Je prends du temps pour vous répondre.
Éloquent, n'est-ce pas ?
Passeriez-vous me voir à Paris quand vous rentrerez ?
Ce serait l'occasion d'évoquer ma « petite vie » à moi...
Bien à vous.
I

24 décembre 2011

Maman a dû manifestement s'y reprendre à plusieurs fois pour convaincre Cyrille de venir, essuyant pour commencer un refus catégorique, comme si nous affronter en pareille circonstance promettait d'entériner un peu plus sa banqueroute sentimentale et de violenter son petit honneur jamais déboulonné. L'argument de la mise en cartons de la « villa » l'a fait plier *in fine*.

C'était à prévoir : une tristesse étranglée enveloppe la maison. Absence de Karen et de Gabriel, vente de la maison… Par compensation, papa et maman se sont affairés dans tous les sens depuis leur arrivée, tentant de masquer ce désarroi collant. De mon côté, je m'en suis trouvé arraché sans transition à ma solitude et je me suis surpris toute la journée à observer leurs allées et venues avec la plus grande passivité, leurs gestes sûrs, les gestes de toute une vie que je n'ai finalement fait que reproduire ces dernières semaines.

Cyrille, quant à lui, s'est avéré d'une humeur irascible dès son arrivée à la gare, pestant parce qu'il n'avait pas eu le temps de s'occuper des cadeaux.

— Tu leur as acheté quoi, toi ?

— Livre et DVD.

Ce n'est pas ce qu'il espérait (moi qui n'avais que ça à faire). J'ai ajouté :

— On peut tenter le coup du cadeau commun mais on risque de passer pour des rats.

— Et pourquoi je ne paierais pas les homards ?

— Tu proposes de leur faire un chèque pour Noël ?

— O.K. Je vais acheter des fleurs à maman et je leur expliquerai. Mais avec le montage du film, je n'ai vraiment pas pu.

Dîner occupé à inventorier les tâches qui nous attendent ces prochains jours. Maman nous demandant de choisir les meubles que nous souhaiterions prendre chez nous. Le reste sera vendu aux enchères. Mon frère répliquant qu'il ne veut rien (« Je ne sais même pas où je vais habiter le mois prochain ! »). Moi, incapable d'imaginer où je pourrais loger un meuble de plus dans mon petit appartement.

Le sancerre aidant, l'atmosphère s'est quelque peu détendue, nous autorisant à laisser de côté momentanément ces questions matérielles. À bâtons rompus, papa et Cyrille se sont mis à commenter la campagne présidentielle (*Figaro* versus *Le Monde*) et je me suis éclipsé pour seconder maman à la cuisine. Mon frère n'a pas attendu minuit pour monter ressasser dans sa chambre.

Une fois le séjour rendu à son impeccable ordinaire, j'ai prévenu mon père que j'allais faire un tour dehors.

— Par ce froid de gueux ?

Il était en train de fermer les volets et ses paroles ont fumé dans l'air saisissant.

— Tu m'aiderais pour celui-là ? J'ai de moins en moins de force…

— Tes épaules ?

— Tout. Ce n'est pas beau de vieillir.

J'ai fait claquer le volet d'une main ferme.

— Moi aussi, j'en ai ras le bol de mes épaules. J'ai pris rendez-vous mardi prochain avec une rhumatologue qui pratique la myothérapie. Tu connais ?

— Rendez-vous où ?

— À Paris, pourquoi ?

— Mais on n'aura jamais fini avec la maison !

— Papa, j'ai mis un mois pour obtenir ce rendez-vous. Et puis, il y a le Noël de Michelle le 28…

— On n'a plus qu'à espérer que ton frère ne nous file pas entre les pattes, a-t-il dit, découragé.

— Je reviendrai quelques jours s'il le faut.

— En attendant, couvre-toi.

Deux bises.

Je me suis engouffré dans la cage d'escalier. Je suis entré dans la salle de bains où maman se démaquillait. Deux bises, de nouveau. J'ai respiré le parfum frais de la crème de nuit qu'elle venait d'appliquer sur son visage. J'allais pour redescendre.

— Qu'est-ce qu'on va faire de ton frère ? m'a-t-elle rattrapé.

Je suis revenu sur mes pas et me suis appuyé contre le chambranle de la porte.

— Ce n'est peut-être pas définitif, ai-je suggéré.

Maman avait tenu bon toute la soirée, déployant toute son énergie pour égayer la table, mais voilà que le masque tombait.

— Il y a quelque chose que nous avons raté, ton père et moi.

— Qu'est-ce que tu racontes encore ?

— Nous vous avons mal élevés.

J'ai lâché un petit rire.

— Ça veut dire quoi « mal élevés » ?

— On ne vous a pas assez serrés. Lui, le petit tyran. Et toi…

— Moi… ?

— Qui ne supporte pas grand-chose en dehors de ton indépendance. Tu ne vas pas enfin te trouver une fille ? Bientôt, je n'aurai plus l'âge d'avoir des petits-enfants.

— Je ne le ferai pas pour toi, tu sais bien.

J'ignore si elle a entendu un conditionnel ou un futur. Exceptionnellement, l'équivoque de nos paroles m'arrangeait.

— Le tout est de savoir si tu dis ça parce que tu t'inquiètes réellement pour tes fils ou parce que tu déplores qu'ils ne correspondent pas à ce que tu avais projeté.

Elle a répondu du tac au tac :

— Je n'ai jamais rien projeté, moi ! Je ne me suis pas assez occupée de vous, c'est tout ce que je dis.

Je l'ai laissée passer et je suis resté à l'entrée de la salle de bains, interlocuteur devenu inutile.

— Je t'ai apporté l'article de *Nice-Matin*, a-t-elle lancé depuis sa chambre.

— Merci. Je lirai ça demain.

Je suis redescendu au rez-de-chaussée.

— Tu éteindras ? a demandé mon père.

J'ai acquiescé.

Il m'a tendu une clé.

— Ferme bien.

— Oui.

J'allais pour l'embrasser et je me suis rappelé l'avoir déjà fait, alors je me suis ravisé. Ce mouvement de rien m'a embarrassé, comme si je venais d'avoir un geste inconvenant.

— Aurélien... Je suis descendu à la cave cet après-midi...

J'ai tenté de soutenir son regard.

— C'est toi qui as bu tout ça ?

Je me suis éclairci la gorge. Mais je n'ai rien trouvé à répondre. Il s'est approché.

— Tu es sûr que ça va ?

— Ça va aller, papa.

J'ai esquissé un faible sourire.

L'ombre d'un instant, j'ai revu Mado avec sa

maudite photo, comme si elle me narguait dans le dos de mon père.

— Je t'assure, ça va aller.

J'ai rejoint la plage.

Je n'ai que quelques mètres à faire pour le trouver pelotonné dans une doudoune, clope aux lèvres, le dos calé contre un rocher. Il me laisse m'asseoir en silence. Il m'attendait. Il me propose de tirer sur sa cigarette.

Je ne trouve pas qu'il ait tellement changé. Les traits un peu épaissis par tout ce qu'il a traversé, oui ; mais rien d'autre que ce que j'aurais pu prédire. Au reste, c'est le même regard décent que je lui ai toujours connu : un truc de malice trafiquée pour ne pas laisser affleurer un éclat plus sombre.

Benoît rallume une cigarette alors que nous venons juste d'éteindre la précédente. Celle-là aussi nous la fumons à deux.

— J'avais arrêté, lui dis-je. Mais depuis que je suis ici, je n'arrête pas de reprendre et je me mets minable un soir sur deux…

— Plus que quelques jours, me rassure-t-il.

— Oui, mardi midi, je suis à Paris.

Je retrouve ce silence entre nous qui a si souvent scandé nos conversations sans nous gêner le moins du monde.

— J'espérais que je finirais par te trouver.

— Je n'allais pas te laisser partir comme ça.

Je saisis la cigarette entre ses doigts.

— Qu'est-ce qui s'est passé ?

Il hausse les épaules.

— Je crois que j'aurais voulu rester définitivement à l'hôpital. Je n'étais plus rien dehors.

Il sonde l'obscurité devant nous, et plus vraisemblablement ses propres ténèbres.

— Si au moins Myriam s'était barrée…

Il oscille de la tête en signe d'incompréhension, puis il m'adresse une tape amicale sur la cuisse.

— Et alors toi c'est la gloire, dis donc ! Faut pas que tu m'en veuilles, je n'arrivais plus à lire. Mais plusieurs fois je t'ai entendu à la radio. Tu t'exprimes bien. On dirait que tu as fait ça toute ta vie.

— Ça commence à y ressembler.

Il reste songeur.

— En fait, on sait bien ce qui s'est passé, reprend-il. On ne s'est jamais rappelés parce qu'on a changé de vie, toi et moi. Et la mienne j'aurais eu honte de te la présenter.

Il hésite.

— J'ai failli t'inviter à mon mariage. Et puis, non. Toi, je ne voulais pas que tu voies ça.

Il lâche un rire glaçant.

— Putain, comment est-ce que j'ai pu m'en croire capable ? Heureusement que j'ai dit non pour l'enfant. Tu imagines sinon ? Je serais vraiment devenu mon père. Tu n'en parlais pas de ça dans ton bouquin. Tu aurais pu.

— Il y a tellement de choses dont je ne parlais pas…

Il se tourne vers moi.

— Laisse-moi te serrer. Juste une minute.

Avec l'épaisseur de sa doudoune et de mon blouson, il doit faire un effort pour approcher sa tête de mon cou.

— L'odeur de ta peau, bordel. Si tu savais combien de fois je l'ai respirée sans que tu le saches…

Je passe une main un peu retenue dans ses cheveux.

Je me sens atrocement triste.

— Tu te rappelles le soir des résultats du bac ?

— J'y ai repensé, il n'y a pas longtemps.

— Quand tu m'as emmené chez toi. Je t'ai demandé de rester à côté de moi. Tu t'es écroulé comme une masse. Moi, je n'ai pas fermé l'œil de la nuit. Je t'ai regardé dormir. Je t'ai même embrassé. Mais ça non plus tu ne l'as jamais su. Et puis, à sept heures du matin, j'ai filé.

Il se défait de notre étreinte. Nous restons silencieux un long moment.

— Qu'est-ce que tu as fait pendant tout ce temps ici ?

— J'ai écrit. Au départ, il s'agissait de simples notes, griffonnées, lapidaires. Un peu tous les jours. Et puis, j'ai commencé à les mettre au propre, à les reprendre. Au final, je crois que j'ai écrit un livre. Que mon frère n'aimera pas. Mais tant pis. J'ai écrit le livre que je cherchais depuis longtemps.

— Et maintenant ? Tu vas aller rejoindre Irène, n'est-ce pas ?

J'acquiesce. Il me sourit. Puis il tourne son visage vers le large. C'est comme s'il était déjà parti.

— Tu vas attraper la mort !

Mon frère se tient en haut du remblai, grelottant dans son pardessus, bras croisés.

— Qu'est-ce que tu fous là ? s'époumone-t-il.

— Et toi ?

Il me fait signe de remonter d'un geste impérieux.

Je regarde autour de moi.

On n'entend que la rumeur lointaine de la marée tout au fond de la nuit.

Je me lève et je rejoins mon frère.

Alix, Jeanne, Yves : merci.

DU MÊME AUTEUR

Aux Éditions Verticales

LES YEUX SECS, 1998 (J'ai Lu n° 5155) ; nouvelle éd., coll. « Étonnants classiques », Flammarion, 2010

L'INVENTION DU PÈRE, 1999

LA ROUTE DE MIDLAND, 2001

LES VIES DE LUKA, 2002

EXERCICES DE DEUIL, coll. « Minimales », 2004

SWEET HOME, 2005 (Folio, n° 4540)

LA DISPARITION DE RICHARD TAYLOR, 2007 (Folio, n° 4730)

FRÈRE ANIMAL, avec Florent Marchet, 2008

LE JOURNAL DE BENJAMIN LORCA, 2010 (Folio, n° 5277)

JE NE RETROUVE PERSONNE, 2013 (Folio, n° 5867)

À L'École des loisirs

MON DÉMON S'APPELLE MARTIN, 2000

VENDREDI 13 CHEZ TANTE JEANNE, 2001

JE SUIS UN GARÇON, illustrations de Françoiz Breut, 2001

LES CHOSES IMPOSSIBLES, 2002

FAITS D'HIVER, 2004

JE SUIS LA HONTE DE LA FAMILLE, 2006

LA VIE PEUT-ÊTRE, 2006

NOUS NE GRANDIRONS PAS ENSEMBLE, 2006

EDVARD MÜNCH : L'ENFANT TERRIBLE DE LA PEINTURE, 2007

MOI JE, 2008

Chez d'autres éditeurs

LES HISTOIRES DE FRÈRES, Éditions du Chemin de Fer, 2005

UN AMOUR À LA GOMME, avec Grégoire Louis, Éditions le Baron perché, 2007

NOS VIES ROMANCÉES, Stock, 2011 (Le livre de poche n° 33077)

COQUILLETTE LA MAUVIETTE, avec Florent Marchet, illustrations d'Aurélie Guillerey et raconté par Julie Depardieu, Éditions Actes Sud Junior, 2012

J'AI VINGT ANS QU'EST-CE QUI M'ATTEND, avec François Bégaudeau, Maylis de Kerangal, Aurélie Filippetti et Joy Sorman, coll. « Enjeux », Éditions Théâtre Ouvert, 2012

LES GARÇONS PERDUS, avec Éric Caravaca, Éditions le Bec en l'air, 2014

JE SUIS L'IDOLE DE MON PÈRE, Éditions Thierry Magnier, 2014

4 HISTOIRES COURTES, avec Nathalie Bernard, Jonathan Hénault, Hervé Le Corre et Guillaume Trouillard, Éditions Bijoux de famille, 2014

LE THÉÂTRE C'EST (DANS TA) CLASSE !, avec Fabrice Melquiot et Valérie Poirier, coll. « Am Stram Gram », L'Arche Éditeur, 2014

Composition Entrelignes
Impression Novoprint
à Barcelone, le 15 décembre 2014
Dépôt légal : décembre 2014

ISBN 978-2-07-046234-6./Imprimé en Espagne.

274347